漫夜聲光

愛與勇氣的旅程

財團法人
犯罪被害人保護協會

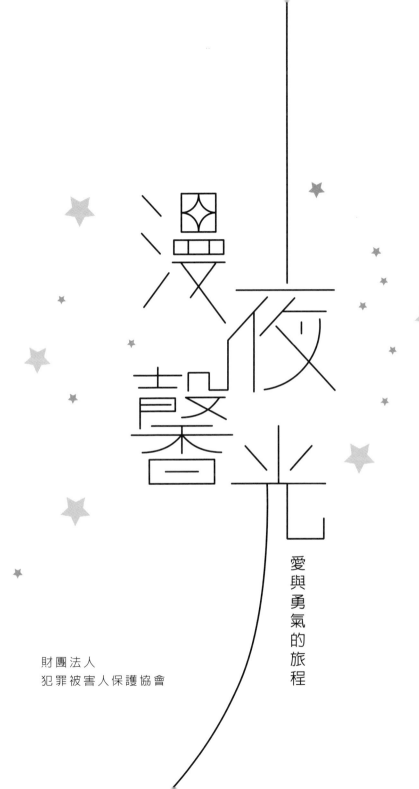

目錄

Contents

★文中「馨生人」係指犯罪被害人本人或其遺（家）屬

推薦序

看見生命裡的復元力

何素秋
臺灣兒童暨家庭扶助基金會 執行長

當得知財團法人犯罪被害人保護協會整理出二十件當事人心路歷程，彙整成這本《漫夜馨光——愛與勇氣的旅程》，內心是激盪與感傷並陳。因為每一個事件，無論是否曾受到社會關注，都是回首不堪刺痛經歷過的人，但又如何能在時間迴廊裡重新站起來，成為別人生命中的導師。透過書中一篇又一篇的傷痛故事，喚起生命裡最堅韌的力量。

這本書的表白方式很直接，每個事件對當事人來說，都宛若晴天霹靂般，瞬間徹底改變接下來的命運。平鋪直敘的文字裡不需要深奧的思維，藉由導讀故事般的敘事過程，讓讀者清楚感受每件當事人所遭受到的震撼與悲慟，那是一種問蒼天的不公平、也是一股頓失至親的撕裂感。二十個故事有多種類型，不論是車禍意外（特別是酒駕害命），還是遭凶暴殺害，以及災變分離，那種痛往往是旁人很難體會的。個人從事兒少福利工作近四十年，基金會扶助過無數個因家逢變故的孩子自立成長，能感同身受失去至親的孤獨與無助，以及走出內在世界的遙遙路。

這本書很容易帶領讀者進入每一個故事情境，雖然我們無法預測生命的順逆，但要知道一旦遭逢不幸事件，一定要相信在這個社會的轉角處，還是會遇到最溫暖的一群人，願意停下腳步陪伴一同走過暗夜。

《漫夜馨光——愛與勇氣的旅程》的出版，不僅是從事司法、社工及教育工作者必須閱讀的寶典，更值得推薦給所有家長共同感受的書籍。

推薦序

從創傷中找到成長的契機

吳慧菁
國立臺灣大學社會工作學系教授

社會治安問題隨著重大犯罪案件發生受到矚目，社會安全網維護日益受到重視。犯罪事件發生初期，被害人與其家屬經常是社會新聞關懷專注的焦點，隨著時間的更迭，社會關心焦點逐漸轉移，忽略這些被害人所受的創傷壓力影響，或應當為其聲張社會正義的使命感。

每一起犯罪行為的背後並不是只有一位被害人，被害人的家庭往往可能因驟然喪失親人或家庭成員的受重傷而頓失依靠，逼迫家庭結構面臨改變，引起家庭角色重新分配、角色危機、或心理調適危機等。此外，更可能因為面對司法訴訟程序的無力及無知、偵訊及審判法庭的延誤，媒體報導而導致被害人及其家屬二度心理傷害。人在社會環境中受到家庭與生態系統影響，突然發生的意外災害可能導致一個人生活失衡，甚至失去生命動力與樂趣，如再加以缺乏社會資源協助，可能讓人生活在無助、失依、與失落情緒下，導致焦慮憂鬱、物質濫用、或自殺傾向。

政府於八十七年十月一日制訂施行「犯罪被害人保護法」，提供犯罪被害補償金，關注被害人及其家屬的生理與心理層面需求，提供身心壓力調適扶助。而犯罪被害人及其家屬如何撫平心靈創傷、促進自我身心調適，重新對生命再次懷抱希望，積極面對未來人生，為當今犯罪被害人保護工作重要的課題。

此本書彙集全臺二十位歷經被害創傷事件、努力走出生命陰霾而重生的馨生人故事，每一則故事敘說著如何藉由本身的因應調適能力、復原力、親友的支持系統以及犯罪被害人保護的扶助，克服典型的創傷壓力症狀，在創傷事件中重新適應，重建生活希望感。每一則故事記錄著馨生人如何經歷過掙扎挫折與傷慟歷程，最終從創傷中找到成長的契機，找回生命意義而新生。這是本相當值得推薦、令人感動、助人能從逆境中翻轉的借鏡，進而激發自我成長的故事集。

推薦序

傳遞愛與美好，讓愛延續

第九屆立法委員、洪仲丘事件洪家對外代表
洪慈庸

四年多前，弟弟洪仲丘的事件發生，我們家也成為了犯罪事件的被害人家屬，突然的衝擊進入了我們的生活領域，使得全家人彷徨失措、毫無頭緒，當時我們必須要面對政府、面對軍方，常是徒勞無功，最後只能自力救濟，然而，在被害人及家屬想尋求救濟、查明真相時，卻也時常在過程中屢屢遭遇制度或司法的不友善，我深刻的知道，這些都將造成被害人和家屬的「二度傷害」，身為被害人家屬的我，曾經真真實實地經歷了這樣的歷程。

然而，時間雖已經過了四年之久，洪媽說：「兒子走了，不論幾週年，當媽媽的還是會難過。」失去親人的傷痛，對於父母、親人而言，無論怎樣都無法弭平，我們只能希望不要再有這樣的事發生。

政府在民國八十七年制訂「犯罪被害人保護法」，並於翌年成立「財團法人犯罪被害人保護協會」（以下稱犯保協會），在弟弟洪仲丘事件期間，犯保協會給予我們家相當多的陪伴與支持，並協助委任律師訴訟，在談民事損害賠償和解時，洪爸洪媽也要求被告將賠償金捐給相關單位，希望讓愛延續，讓社會上有更多正面的循環。

一〇六年十月，有機會參與犯保協會的中秋關懷被害人的訪視活動，一同到重傷癱瘓的被害家庭拜訪，聽取家屬心聲，透過家屬談到所經歷的遭遇和面對的困境，也更思考在現行國家制度上，是否有一套完善的協助機制，能主動保護並協助被害人及其家屬，讓其獲得應知的真相以及妥善的照顧，才是這個國家政府應該負起的責任。

犯保協會在一〇七年就即將邁入創會二十週年，將近二十年來在各地默默地服務許多正經歷被害傷痛中的家屬，成為暗夜中的星光，陪伴他們經過黑暗，迎向黎明曙光，值此之際，犯保協會特別從這些年來服務的案例中，摘錄了二十則被害人的故事，深刻地描述他們如何的在重大的創傷事件中經歷痛苦、恢復並重新站立，也讓更多民眾看見被害人的處境，提昇犯罪被害人權益保護的意識。

我也期盼透過犯保協會出版《漫夜馨光——愛與勇氣的旅程》一書，呼籲有相同遭遇且重新站起來的人，為還沒有辦法復元的其他朋友多做一些事，將愛與關懷傳到更多社會的角落，支持這些家屬與被害人更快的重新站起來，好好過日子，傳遞愛與美好，讓愛延續。

推薦序

及時的法律協助猶如裂縫中透出的希望之光

陳淑貞
執業律師、犯保臺北分會第三屆主任委員

仔細閱讀《漫夜馨光——愛與勇氣的旅程》的二十篇文章，每一篇都是犯罪被害人或其家屬親身經歷的血淚心聲，綜合分析態樣如下：

一、犯罪本身造成個人身心及家庭各方面的震撼。

二、民事、刑事訴訟程序，甚至調解過程所遭遇的困惑與疑難。

三、感受到犯罪被害人保護協會（以下簡稱犯保）志工們的真誠陪伴與保護制度的協助成效。

四、對於修復式司法的經驗與期待。

五、走出困境後，以同理心積極回饋的心願。

一九九七年四月十四日白曉燕的慘烈犧牲，催生了「犯罪被害人保護法」，因為有所謂「強勢的犯罪被害人家屬」，才讓大家開始看見犯罪被害人，並注意到：相對於「被告人權」，「被害人人權」地位是如此低落。在白曉燕文教基金會舉辦的研討會中，許多犯保個案傾訴心聲時，連當時法務部長都不免感嘆當年「被害人保護」真是一片荒漠。

會後臺北分會「心理諮商」、「免費法律諮詢」開張了，十餘年來，個案最迫切需要的兩項扶助，以「溫馨專案」、「一路相伴」等形式推展至全國，由這二十篇文章可以看見萌芽綠意。

執業律師多年，深刻瞭解犯罪被害人最及時需要的是法律扶助，與其只針對每一個案逐一說明，如能讓類似案情個案，以「團體治療」方式，進行同理心的經驗分享，再由律師與諮商師從旁分析解說，應該可以事半功倍，因此在擔任臺北分會主任委員期間，創辦「法律心情分享講座」，讓與會個案瞭解：大家遭遇犯罪被害的經歷其實大同小異；被告脫罪卸責是人性，不必過分嚴格檢視；法官、檢察官、對造律師的言行只是專業的冷酷；和解或訴訟程序可以是溫情有效率的。許多個案從剛開始參加時的憤怒、猜疑，到後來的理解、接受，並能坦然面對所有「生命的練習題」，自我療癒而由「裂縫中透出希望之光」，並嘗試「用寬容化解仇恨」，甚至立志擔任志工回饋「無私的愛與奉獻」，更肯定結合兩項扶助的重要性。

「司法改革」首要議題是犯罪被害人保護，亟待努力的目標是「犯罪被害人訴訟參與制度」、「人民陪審制度」、「訴訟納入修復式司法精神」等，期待當局積極正視，落實改革！

推薦序

後來，這樣走過了這意想不到的糟糕事

羅秋怡
臺南上善心理治療所院長、心理師

我們以為發生這些事情，大概是人生最悲慘的時候，也想不到要怎麼走下去，「為什麼是我……」，「為什麼會發生……」，連串的問號、不能接受，像晴天霹靂打下來，心臟被打了個洞，沒有人可以瞭解那種失去至親、被傷害，甚至被遺忘在世界的角落的痛苦。用法律制裁，但程序漫長，就算走完，也無法還給我們原來的生活。就算有賠償，抓到了加害人，對照加害人依然活著存在著，而我們家，被奪走的生命，卻是人事已非的局面。人生被破壞至此，無語問蒼天，無以為繼。有時身為一家人，面對巨變，悲傷的家人之間，各自哭泣，無法靠近。外人是難以想像，被剝奪的不只是人命，而是對世界的信任與依賴。

一般人看到社會新聞，驚嘆訝異幾分鐘，或是同情或是不可思議。每個案件中的當事人遭逢巨變，是真正人生被破壞被摧毀。新聞只有講到前半段，除非身在其中，不會知道後來的人生。這樣的無因果性災難，每個人都有機會遇到。只是不知道遇到時，接下來要怎麼辦。

犯罪被害人保護協會為了社會而存在，協助遭逢巨變者走過死亡的幽谷，協會結合了各種資源：經濟、社會、法律、心理……，讓受苦的生命，不要停在這嘎然而止的一刻。身為臨床心理師，與犯罪被害人保護協會合作八年以來，陪伴數十位受害者、家屬（簡稱馨生人），從人生的碎瓦中爬出，是多麼艱辛的過程。直到慢慢站起來，重新呼吸，把失去的悲傷，破裂的傷口癒合，都是以年計算。我們的復元沒有時間表，這幾年陪伴車禍後失去親人的父母、配偶子女，〇二〇六地震後失去先生小孩失去手腳的災後倖存者，走在重建的路途上，看似受傷人需要協助，其實那只是剛開始。心理師何嘗不是在一起走的過程中，受到啟發，看到了人的韌性與重建力量要如何聚集與發揮。

我看到馨生人的眼淚，有著沒有說出口，我願意代替你而死的愛。因為不能選擇，所以，我會帶著愛，為你活下去。被離開不是心所願，好好活下去，才是難。每個改寫了生命腳本的馨生人，一開始不是自願的，後來慢慢走出韌性，他們就在我們身邊。我們的人生有許多事情的發生，一開始看起來似乎是令人憤怒、不幸與痛苦的，可能越引發出挫折、報復的黑暗勢力。在適當的陪伴，找到出口，化阻力為助力，個人的復元力，引領我們在壞中求生，解構習以為常，不再將巨變視為自責、詛咒與憤怒。別急著要受傷的人說寬恕，同理與陪伴，慢慢的才會長出力量。

在犯罪被害人保護協會本次收錄的全國二十則故事：八件重傷、四件兇殺、八件車禍死亡的馨生人歷程故事輯，記錄與見證了人們如何走過重大創傷，走過了這個突然發生的糟糕事，如何可以開始再度呼吸，開始與周遭連結，開始感受到陽光，後來，甚至伸出援手給類似遭遇的馨生人。在這每一場的人生破壞，怎麼走出來的，是我們瞭解生命發展無常與找到意義的一扇窗口。藉此我們向每個馨生人鼓勵與致敬。

出版序

法務部部長序

法務部部長

財團法人犯罪被害人保護協會於八十八年由本部與內政部（組改後業務移至衛生福利部）依據犯罪被害人保護法成立，是本部推動犯罪被害人保護工作的夥伴，二十年來一起見證被害人在犯罪事件發生後走過傷、痛、失落、復原、重新找到自己的夢想與方向，活出獨有的生命亮度。

《漫夜馨光——愛與勇氣的旅程》收錄了二十個被害人的生命故事。感謝他們的分享，可以激勵和影響社會上更多需要勇氣和力量的生命。在犯罪事件發生後，被害人或其家屬，除了要面對身心煎熬外，還要理解一連串陌生又冗長的訴訟程序，而傷痛療癒是一段緩慢的旅程，故事中的每位都是透過自我內心對話的療癒過程，找到生命的出口，令人心痛卻又佩服；而保護協會除了案發前期的緊急協助外，在被害人傷痛復原期間擔任陪伴的角色，與被害人一起感受生命的困境及分享突破難關的喜悅，可謂是任重而道遠。

法務部作為犯罪被害人保護業務的主管機關，我們責無旁貸要全力協助被害人傷痛復原及生活適應。在一〇六年司法改革國是會議中，被害人訴訟地位之提升、被害人保護服務及修復式司法等議題獲得關注，除本部應持續努力外，也希望透過本書能讓更多人認同被害人保護，加入保護工作行列。

出版序

董事長序

臺灣高等法院檢察署檢察長
兼財團法人犯罪被害人保護協會董事長
王添盛

漫漫長夜總是會天明　如有一抹星光　前行的路不再難行
黎明曙光是可以期待　如有溫馨相伴　等待之時不再難熬

犯罪被害事件的發生對於一個家庭而言，是多麼巨大的衝擊，親人失喪、經濟壓力、生活失序、心理創傷等等，讓本來平靜的生活，突然間遭受強力的擾動，一切都不一樣了，可以一起說話的人不在了，一起規畫的事無法執行了，對於未來的日子是茫然失措，彷彿落入無盡的黑暗裡，當事件漸漸被人淡忘，犯罪被害人及其家屬（馨生人）正努力的走在人生的一段需要愛與勇氣的旅程。

財團法人犯罪被害人保護協會是依據犯罪被害人保護法由法務部會同內政部於八十八年一月二十九日成立，累積已經受理開案服務近三萬六千件犯罪被害案件，服務近九十九萬五千人次，各地分會工作人員得知轄區發生犯罪被害事件，無不趕緊取得聯繫方式，主動與被害人家屬聯繫，希望能將相關的權益及服務資訊告訴家屬，心繫著被害人家屬在日後可能面對的問題及困境，希望能透過各樣的服務措施來解決被害人的問題，透過關懷陪伴一起度過這漫漫長路，這期間還有社會許多愛心人士的參與，包含律師、心理師、社工師及保護志工等，協助馨生人能走出陰霾，迎向陽光。

本會各地分會的工作人員在服務過程中，看見許多馨生人從逆境中的轉變和成長，從被害者甚至成為助人者，期間的心路歷程令人動容，不知道這需要有多大的勇氣，而這些歷程點滴，我相信可以藉此鼓勵許多同樣遭受患難的被害人，得到成長的養分以及向前的勇氣，相當具有意義。

本會為慶祝創會二十週年，特別從全國各地分會的輔導服務案例中，收錄二十篇馨生人的心路歷程並編寫成冊，藉此對於每篇受訪的馨生人表達最深的敬意與謝意，也期盼透過本書的出版，讓社會各界更能體會馨生人如何走過創傷復原歷程，也進而認識犯罪被害人保護工作及本會的服務成效，匯集更多的社會愛心資源在被害人保護工作中，讓我們可以一起陪伴馨生人走這一段人生旅程。

1.

畫出燦爛千陽

經過幾年的復健與治療，小剛慢慢復元，

並在日光畫室學畫，他用左手畫的一張張畫，令人驚豔不已。

他每天穿梭在醫院，畫室與家中。

想改變的慾望一天一天增加，

看著父母親與犯罪被害人保護協會的工作人員和志工的關切眼神，

他知道自己要活得更好……

在日光畫室中，小剛用著左手專心作畫。陽光斜斜灑了進來，照在畫布上。專心畫畫是他的快樂時光，畫室是他的祕密基地，他努力揮動著畫筆，只要待在這裡，他的心中總會萌生一些光彩，那麼溫暖，那麼明亮。他喜歡用明亮的色彩，畫著心中的那個美麗世界，許多蹦出來的靈感都會在畫室中雀躍流動著。

小剛的心中有著許多感激之情，他的父母、同學、老師和那些志工阿姨叔叔，還有許許多多認識或不認識的人，一路上陪伴著他的人，他們就跟他畫中的世界一樣美麗又多彩。

經過這幾年的復健與治療，小剛慢慢復元，並在日光畫室裡學畫，他用左手畫的一張張畫，令人驚豔不已。他每天穿梭在醫院、畫室與家中。想改變困境的慾望一天一天增加，看著父母親與犯罪被害人保護協會的這些工作人員和志工關切的眼神，他知道自己要活得更好……

悲傷的故事從幾年前開始。大學三年級的小剛遭遇了一場巨大車禍，那是在二〇一三年八月十五日早上，一輛小貨車衝撞正要去汽車駕訓班上課的小剛，瞬間人車倒地，血流滿地，他的傷勢非常嚴重，立刻被送往鄰近醫院急救。

小剛的爸爸接到電話後馬上趕往醫院，而媽媽更是騎著機車飛奔著，淚水沿路潰堤，一到醫院看到兒子正在緊急手術中，她整個人幾乎要昏厥過去。

手術過後，小剛住進加護病房，全身插滿了管子（氣切、尿管、鼻胃管等等），頭上纏繞著紗布，醫生說這是「腦骨折」，因為撞擊力過大，頭部出血過多，加上昏迷指數只剩下三，情況不樂觀。事故第四天，小剛轉院。但醫師依然告訴小剛的媽媽：「你兒子的腦部中間都黑掉了，要恢復很困難，機會微乎其微。」

「醫師，我兒子才二十二歲，他的生命不能這樣結束，無論如何請你一定要救救他！真的求求你了。」小剛的媽媽含著淚水對眼前這一位醫師跪求著。

這一條漫漫長路走得好辛苦。經過多次的手術後，小剛的爸爸堅決辭掉工作，專心照顧兒子陪他一起復健，而小剛的媽媽靠著每天幾份的幫傭工作，努力維持著家計並扛起經濟重擔。

小剛前後開了共八次刀，醫護人員盡了最大的努力，希望讓他頭部瘀血能夠清除早日清醒，可惜一直不見起色，陷於昏迷的小剛似乎正往人生相反的路走去。

當時小剛父母堅決不放棄，到處問神拜佛，只求神明可憐愛子。有一次他們到九華山有位信徒看到小剛的媽媽神色黯淡，但虔誠為兒子祈禱，便對她說：「無常來時要學習接受，怨恨於事無補，放下恨意、怨懟，將心門打開，不要再造不必要的業了，這樣對你兒子才有利。」這席話有點似懂非懂，但是她記下來了。

但放下一切談何容易？那時候龐大醫療費壓力壓得全家人喘不過氣，為了小剛，媽媽忙賺錢，爸爸更是以醫院為家，還在讀高中的小兒子，看著媽媽這麼辛苦工作，爸爸用心照顧哥哥，體貼的告訴父母自己不想考大學了，但是因為父母十分堅持，最後小兒子以半工半讀方式上大學，好減輕家中開銷。

「兒子車禍是事實，但大家以後的日子還是要過，若一直怨恨肇事者只是讓自己更難受。」一個起心轉念，讓小剛的媽媽學會接受，放下內心的障礙、放掉怨恨。原本不願意與肇事者談和解的她想通了，放下是對大家都好的做法。

昏迷的小剛接受到許多人的愛與關懷，學校同學錄製了兒子最熟悉的聲音為他加油打氣，並把他平時最愛聽的歌曲燒錄成ＤＶＤ，每天二十四小時不停地播放，希望能夠喚醒他。

不久之後，躺在加護病床上的小剛，情況終於慢慢穩定下來。聽著熟悉的歌曲旋律，兩個月的煎熬終於有所收穫，他的眼皮微微地張開了，瞇著小小的那條縫透出了一絲希望，這個小小的進步，馬上讓小剛父母瞬間熱淚盈眶，那一幕的感動他們永遠都會記住。

小剛的昏迷指數從三回升到六，也從加護病房轉到普通病房，可是人還是沒有知覺，微開的眼神一樣空洞呆滯。

不過另一方面好消息傳來，醫師說小剛可以開始復健，但是四肢軟趴趴要如何復健？小剛的爸爸只好用安全帶將小剛的肢體緊緊綁好，先給予傾斜的角度適應五分鐘，再慢慢增加到十分鐘、二十分鐘……。每天練習一點點。夫妻之間相互體諒打氣，所有的辛苦與心酸隨著兒子的進步都消失殆盡。

小剛必須不停的做復健，但是困難的是要面臨轉院問題，因為每一家醫院依健保局規定不得住超過二十八天。全身癱瘓的小剛就得躺在輪椅上，跟著爸爸跑遍中部所有醫院做復健。病床躺久了，全身筋骨會變僵硬，每次兩個小時的復健時間，小剛爸爸都會咬緊牙根為兒子努力伸展肢體，只要看到兒子有一點點反應，他的心就會因此被鼓舞。

有父母親陪伴的漫長復健路，需要強大的勇氣當後盾。這些努力周圍的人都看到了，也無一不被感動。連肇事者的律師都覺得心疼，主動建議他們去找犯罪被害人保護協會，以獲得更多的協助。

協會知道一切，即時送上慰問金並告訴小剛的媽媽：「你先不要想太多，專心把孩子照顧好最重要，如法律訴訟、心理輔導、安全保護措施、犯罪被害補償金、醫療費用補助等，這些事情我們都會幫你們的。」果真如此，那一項項從不曾碰過的法律事項，都在協會的團隊協助下得到圓滿的解決，讓他們心裡鬆了一口氣。而協會的人與志工也定期會到家裡關懷小剛的恢復狀況，這也給了他們很大的安慰。

當小剛終於將身上尿管、氣切管子等拔除，只剩下鼻胃管後，小剛的媽媽含淚大聲對著小剛說：「兒子呀，我們從頭開始，忘記以前，從零開始學起吧。」

小剛像回到小嬰兒一樣，從流質開始一點一滴的餵食，媽媽每天到病床前抱抱兒子，不斷給予正面的鼓勵。在爸媽的心裡，眼見兒子已經是奇蹟似的又活過來了。即使拔管後，小剛說得話似乎沒有人能懂，但是他們還是感動得想大哭一場。

休學一年後的小剛，經學校同意，可以復學。即使他人還不完全清醒，眼神呆滯，聽不太懂、也不會表達，但在爸爸的陪同下，他回到大學重溫三年級的課程。小剛的爸爸每堂課都幫兒子聽、做筆記、錄音，回家再適時的幫兒子溫習幾遍。以前同班的同學和老師，也會不時來跟他講講話，聊聊過去的學習和歡樂時光，小剛因為這些熟悉的聲音出現，恢復得很快。

後來，協會還請了專業的老師來幫小剛訓練「語言」，就從最簡單的「ㄅㄆㄇㄈ——ㄚㄛ」學起。小剛的媽媽為了加強兒子學習，自己也跟著一起學。她總會利用工作之餘幫兒子不停地複習，甚至晚上睡覺前，一定要重練一次，發音標準了，母子相互擁抱後再上床休息。

將近過了一年八個月，小剛已經能說簡單的話，也學會自己洗澡，用左手吃飯，走樓梯也沒問題，只是右手右腳還是不太靈活，走路一拐一拐的。但是對本來完全絕望，能再看見兒子重獲新生的小剛父母來說，是什麼都比不上的珍貴禮物。

肢體障礙、智力障礙、語言障礙，還有不定時的癲癇發作，讓小剛在生活上還是存在許多不便，但是媽媽和爸爸認為最艱難的那一段都走過了，以後只會越來越好。

這一堂學校沒有上過的「人生課題」，讓他們一家人關係更緊密。小剛重新開始的新人生，媽媽從不忘每天給孩子一個擁抱、親吻，為他加油打氣。

小剛的媽媽之前曾許下心願，若社會有類似的個案，她願意用照顧兒子的經驗去協助對方，陪伴他們一起走過低潮。而這個願望現在也付諸行動，他們三個人開始拜訪重傷被害人，以小剛為實例，由爸爸教復健祕訣，媽媽分享寬容與樂觀。他們很想分享自身的故事去鼓勵躺在病床上的被害人重新燃起希望。

「復健是一條艱辛的路，大家總是說只要努力就有希望，但是有時真的很努力了卻沒有進展，需要時間耐心等候。該如何坐起來？如何站起來？如何抬起腳跨出第一步？如何……一切都是一點一滴慢慢才能達成。」這些分享或許微不足道，但都是小剛的父母真心奉獻的愛與喜悅，他們要用實際的行動，來傳達他們對協會感謝的心意。

一段漫長的復健之路，讓兒子重新站起來，一切從零開始學習，兒子是父母努力最大的支撐，而父母是兒子的守護者與最強的後盾。重新學做一個新的自己，是小剛現在的人生學分，對於顛簸的生命歷程，他靠著堅毅、忍耐與信心克服，不管以後可以走多遠，又能走到哪裡，他只求盡全力活在當下。

現在的小剛每天都在進步當中，小剛父母對兒子永不放棄的那份心意，讓人尊敬，他們一家人都是勇敢的生命戰士，不分彼此，一起努力。

對於協會而言，小剛的媽媽是一個常客，因為每個月她總是會帶著二千元到協會捐款，說要把錢捐給其他有需要的人，而這二千元是她努力工作一整天的所得。小剛媽媽在生活上總是一省再省，同時打好幾份工來維持家用，但是這二千元卻代表她的一份微薄心意。

看著小剛父母臉上閃著亮光，他們懷抱著一顆感恩的心，願意用愛與分享去幫助其他正在與生命博鬥的人，這是多麼令人動容，也讓人瞭解到任何一種善行，不論小，不論大，就像小水滴流入大海般，永遠都不會乾涸，愛永不止息。

2.
生命的練習題

因著犯罪被害人保護協會陪她一起走過困難，
采媛如斷垣殘壁的心靈慢慢被修補了，
她感受到別人的愛一點一滴地進入心裡，
有一個讓她很安心的地方，
有一群讓她很安心的人會在角落默默守護她。

時間分秒流逝，轉眼十年都快過了，采媛加入了犯罪被害人保護協會志工也已經六個年頭，從身為被害人的家屬到現在要主動幫助輔導被害人，身分和心境都歷經了很大的轉變，物換星移，這幾年如同倒帶的影片般，看似緩慢沉重卻又是那麼快速且真實的回放……最難熬的那段時間，她都熬過來了，她不相信以後還有什麼事情能夠難倒她。從步履沉重到如今的輕快自信，這是一趟生命蛻變的旅程。

采媛的先生馬自良原本是一位警員，他在民國九十八年的十二月二十三日執行警察勤務時，被一位男性駕車撞擊導致重傷，送醫急救後進行腦部開刀，經多次急救及治療後，最後仍然進行氣切以維持生命，而後轉由彰基雲林分院護理之家來照護。臥病在床的他一直到民國一〇五年十二月生命走向終點，采媛心中的重擔也終能放下。這一路走來，好長也好辛苦，其實一直以來她都很清楚先生隨時有可能會離開，只是當這天來臨時心中依然百般不捨。

先生遭遇車禍和離開人世同樣是在十二月的冬天，冷風帶著冰雨無情地吹著，面對著多年來一直在與生命拔河的先生，無奈還是一步一步走向終點，采媛心中雖然不捨，但是她寧願選擇相信先生是飛到另一個國度去快樂生活，她不要他在這人間繼續受苦掙扎，她希望先生可以自由。

這條探觸到生命與時間的遙遠路途，她早已擦乾淚水，也知道不該再有眷戀，讓先生灑脫到另一個世界，她笑說這或許是一個最美麗的結局。先生的死本該是多麼讓人悲傷的事，但卻反而成為大家的解脫，因為她真的捨不得看見先生在這世間再受任何苦。

采媛曾用一段文字來跟老公珍重道別——「靜靜的……見識生命結束時是美麗的。當體溫慢慢失去，手指慢慢滑落，表情慢慢歸位，回到初衷。落淚了……見證一張藍圖的完成，沒有所謂的失去，只是少了習慣的互動，優雅的在你的藍圖裡舞出動人的回憶。當世人的耳語不再，當安撫的旋律漸漸遠去，緣盡了，最後一眼扎實的坐上了心的寶座。謝謝你，我愛你，Namaste。」

采媛回憶過往，剛遭遇變故的那四個月，心中的苦真的無處可去。那時先生還在急救，尚未轉到護理之家，「說真的，一開始聽到醫生說先生將變成植物人時，內心的壓力以及龐大的無助感，真的難以用言語形容，肩膀上綁著千斤大石，可是誰都幫不了，有時好想死。」

當時受重傷的老公，需要接受氣切，將會如同植物人般躺在病床上，而她卻只能在旁邊默默地看著，束手無策，那種無助讓她崩潰。

當時小孩還在念幼稚園大班，婆婆年事已長，龐大的醫藥費和先生之後要進入醫院護理之家的費用，再加上車禍訴訟問題纏身，和解金的洽談調解，一件一件糾結一起，真的有苦說不出。光是不斷奔波在醫院照料先生和照顧家庭小孩之間，就已經讓她心疲力盡。經濟負擔實在不小，可是與經濟的壓力比起來，身心的煎熬更是累人。先生出事之前一直有工作經驗的采媛，相信自己有能力能負擔起家庭重擔，不過自己與家人的壓力與情緒，要找到出口其實不簡單。

「因為先生的事、醫院的事、孩子的事、出庭的事、賠償的事等等，蠟燭多頭燒，我要緊緊抓住零碎、有限的時間，才能把事情一件件都處理好。」采媛一邊壓抑情緒，一邊往內心尋求支持下去的力量，她知道不能沉溺在負面情緒太久，接下來的日子，該考慮些什麼？該準備些什麼？該面對些什麼？她一項一項條列出來，她的個性是遇到問題就要想出解決的方法。

她知道自己要先強大起來才行，小孩還小，小到無法理解為何現在爸爸和以前的爸爸不一樣。「我先生因為四十歲才得子，所以百般疼愛小孩，父子很親近，先生不管去哪都會帶著兒子，所以當兒子以為爸爸要轉到護理之家時，開心的以為他復元了，但是一到醫院看到爸爸情況還是一樣，期待落空，心裡受到很大衝擊。」

而婆婆呢，年紀那麼大還要面對白髮人隨時要失去孩子的痛，婆婆一心乞求孩子能留在身邊，采媛瞭解，但是她還是真的不捨先生要進行氣切，醫生判斷先生復元的機會很小，采媛心中卻還是希望會有奇蹟。

采媛當時明白先生的生命是在和時間拔河，氣切插管維繫著先生的一口氣是不得已的選擇，活是活著，但是一想到先生要無意識躺在床上倒數他的人生，就讓她很不捨。

她想著這個家誰都不能沒有她，她告訴自己：「只剩下我了，如果連我也倒下，那家就毀了。」這時，心中有一個聲音適時出現了：「你應該要自己先走出來，這樣全家人才能走出來。」

每天雖然都有不同的挑戰，但是采媛跟自我對話，給自己強大的心理建設，告訴自己，只有靠自己才能戰勝恐懼，勇敢面對困境，在黑暗中只有靠自己才能找到方向與光亮。

「當你覺得心很慌亂，朝著自己相信的路前進就對了，內心會產生一股力量照亮前方黑暗的路。」采媛一直想著自己還有什麼事要處理，等事情一一做好後，心情就能好過點。「當下可能想著沒有辦法過下去，擔心還會遇到什麼困難，這時往自己的內心去找力量吧，會很有幫助。」先生躺在護理之家那麼多年，采媛都是靠尋求內心的調適，遠離傷痛。

所以她沒有在憂傷裡面待太久，心情平復得比自己預想得快，因為在那種情況下她還得持續原本的生活，她知道沒辦法若無其事，但是至少生活不要被影響太多，儘管內心不好受，但她盡量表現那個以前的自己。工作、照顧家庭小孩，去醫院看望先生，一切都如常。

「要接受事實，選擇好好活，如果能找到支持的力量，就會活得不那麼痛苦，這些理解，要經過才懂。」探索內在的心靈，讓采媛看見了人生的不同面向，那是屬於她的療癒，她聆聽自己的聲音、體會自己的感受，然後給自己信心。

而當采媛孤單徘徊、無奈之際，得到了犯罪被害人保護協會很多的關懷與幫忙。工作人員在初次拜訪她時，采媛直接了當的跟對方說：「請告訴我，你們能給我什麼協助，我想要知道具體明確的細節。」因為她認為自己當下最需要的是實質的協助，所以當她知道協會能提供她法律問題的諮詢，就把心中所有的疑問問清楚，然後她覺得可能會需要心理諮商那一方面的協助，所以便委託協會，提供進一步的訊息。

「當自己或者家人有情緒的問題，尋求專業的心理諮商是一定要的。」這一點也是采媛很想分享的部分。

當初采媛發現兒子的情緒被爸爸的意外影響很大，小孩當時太小不懂得表達，加上失望情緒所致，導致先生轉到護理之家後，兒子都不太願意去探視爸爸。這一點，采媛深覺自己有責任協助他走出來，但是當時自己既要扮演母親的角色又要扮演父親的角色，又必須小心翼翼找到平衡，她深怕自己不夠客觀，所以壓力很大。

不過她真正覺得該要好好正視兒子情緒的問題，則是因為兒子的導師告訴采媛，兒子在學校打了同學，這才讓她驚覺是時候該尋求專業心理輔導。

「你的小孩因為不會生氣，隱藏悲傷，又太過壓抑情緒，才會和同學發生肢體衝突，那是他轉嫁情緒的方法。」心理師這樣告訴采媛，她說孩子的情緒要找到對的出口，才不會造成將來人格的扭曲。

所以采媛決定陪伴孩子一起接受心理治療，小孩是在校內利用時間接受心理師一對一輔導，而輔導完兒子，心理師還會接著約采媛。在心理師一年多的持續與耐心引導下，孩子學習到正向面對問題，為情緒找到對的出口，終於走出創傷，願意再次接納與信任周遭。本來很久都不願提起父親的兒子，後來願意主動到護理之家去探望爸爸。看著小孩變得開朗樂觀，采媛終於放下心中的大石頭。

講到協會，采媛滿心感謝，「協會的人不厭其煩來看我們，又在旁邊傾聽與陪伴，這一點讓人很窩心。」畢竟她當初什麼都不懂，又有繁複的流程要跑，法院要去，表格要填，資料要請，調解會要去，全都是一個人面對，來去往返，有協會貼心的工作人員陪伴，讓人安心不少。

不過當時的訴訟因為有民意代表介入調解，對於被害方不利，著實讓她心中忿忿不平。調解時，肇事者請民意代表居中協調，所以賠償金額和預期中的落差很大，加上采媛感受不到肇事者的歉意，所以繼續提上訴。經過多次開庭，訴訟流程冗長又要來回奔波讓人身心俱疲，最後她無力再繼續爭取什麼權益，最終以新臺幣二百七十萬元和解（其中包含強制險一百七十萬元）。而其中一百萬元是讓肇事者用分期付款方式，每月匯款一萬五千元。這對采媛來說相當不公平，但是她只能無奈接受。前三年，肇事者都有如期給付，但後來卻失去聯絡而未再給付。因著協會陪她一起走過人生低潮，采媛如斷垣殘壁般的心靈慢慢被修補，她感受到別人的愛一點一滴地進入心裡，有一個讓人安心的地方，有一群讓人安心的人，會在角落默默守護。

協會也常常邀約采媛參加關懷活動，在活動中，她會遇到和她有同樣遭遇的馨生家庭，有些人內心或許傷悲，但表現出來的都是樂觀正向，這點讓她看到人生不同的面向，改變了視野。「有時候工作人員看我個性開朗直爽，會麻煩我幫忙照顧與會的其他馨生家庭，而藉由這些與馨生家庭的互動，也讓我興起想服務他人的心，後來就加入志工行列。」

「協會讓我找回對人的信任感。他們靜靜陪伴關懷，有時只是一個溫暖的眼神或幾句關懷的話就足以讓人得到安慰，做這些十分足夠了。」采媛覺得協會像守護神，讓她在黑暗中找到光芒，發現人的美麗風景。

說也奇怪，正當采媛開始找回對人的信賴感與溫度之後，奇妙的事情發生了。當初在和解賠償金部分，肇事者分期付款三年後，就沒再給付了，采媛曾經多次撥打電話至肇事者家中催討，但肇事者大陸籍妻子語帶歉意告知經濟狀況不佳目前無力償還，來日會想辦法再還，此時電話那頭傳來小孩的哭鬧聲，談話後，采媛當下決定不再追究未付款了，她想著這件事情該落幕了。一場車禍，造成兩個家庭的傷痛都是一樣的深，她想著對方的良心應該日日受到譴責，想必也不會好受。

她決定要放下仇恨及傷害，不再活在可悲的被害人心態，也不再期待拿回未付款。心境一轉，采媛的心境瞬間海闊天空，然而事隔多年，肇事者竟一次償清剩餘的和解金。

采媛說肇事者還錢的當下跟她說：「對不起。這些錢雖然很少也不能彌補我所犯的錯，但是我還是希望你能原諒我。」聽聞對方的誠懇，采媛剎那間眼睛泛著淚光，她知道這一次能真正的放下。這或許也是老天要給她上的一堂課，人心並不險惡，每個人都會犯錯，不必急著去定罪他人，而應該是要給予對方改過自新的機會。

如今的采媛有著滿滿正面的思考，對生活有更深刻的認知與領悟，她在協會的技藝班學會了美容紓壓的專業技術，美容工作室也已經開幕營運，她更與一些同好組成「心靈團隊」，未來將會推出一系列心靈課程，她希望用自己學到的能力去幫助曾經跟她一樣受過創傷的馨生人，讓他們可以修補身心的創痛，找到自己存在的價值。

談到未來的規畫，臉上掛著親切笑容，身上洋溢一股正面能量的采媛說：「我在心靈成長的歷程中找到堅定的力量，所以想用心靈療癒方式幫助人。我希望與人分享一路走來種種歷程的同時，能帶給人們重新出發的勇氣。」走過人生低谷，采媛不斷用正向思考，以樂觀開朗的態度，走出新頁，她也想傳遞溫暖、激勵人心，幫人脫離困境，得到心靈上的撫慰。

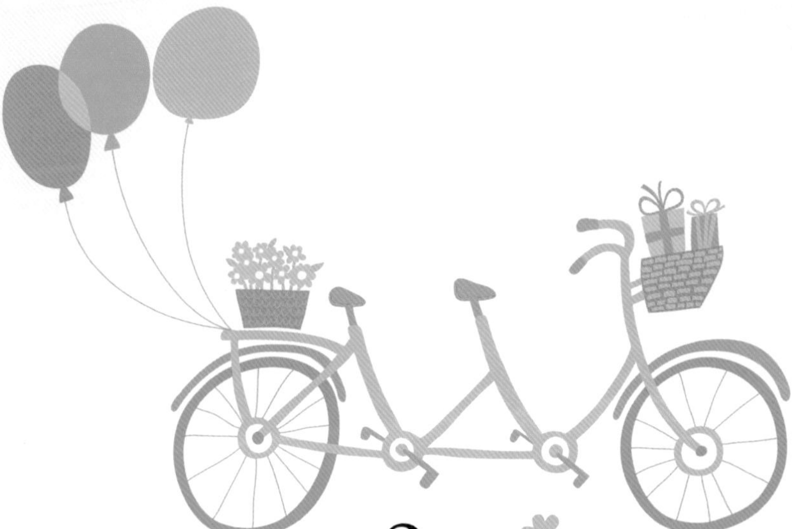

3.

傳遞愛
與美好的善念

揮別黑暗，迎向美好的陽光，
現在的吳媽媽不再因爲佳樺而哭泣，
她要把對兒子的愛，用另外一種方式延續下去。
來自佳樺的愛在她心中汩汩流動，
因著信仰，因著別人對她的愛，她經驗並學會了另一種愛，
那是建立在幫助別人，讓別人更好的美好眞心上。

民國九十八年四月某一天的半夜，吳媽媽接到了來自派出所的電話，說她的兒子佳樺於凌晨從學校騎車回家路上，被一名酒駕者駕駛的小客車撞到，因為撞擊力太強使她的兒子受到重創，已經被送往奇美醫院。

掛上電話的吳媽媽飛奔到醫院，看到滿身滿臉都是血的佳樺一動不動的躺在急診中心的床上，她當場呆立著並嚇哭了，她抱著兒子大聲嚎啕起來。眼前的這個孩子一直以來都是那麼開朗樂觀，總是像陽光般照耀著周遭的人群，怎麼會這樣呢？這種事怎麼可能發生在她兒子身上。

醫院天花板上渙散的白色日光燈讓吳媽媽覺得暈眩，半夜三點，幽暗的長廊和病房只有急診室的醫生與護理人員來來去去的腳步聲，她放聲大哭，因為佳樺是她的寶貝，她無法想像這世界沒有他，她捨不得放下那雙手。當看著佳樺最後的那一眼，淚水早已融入無盡黑夜，兒子慘白的臉似乎還有什麼話要對她訴說，她知道體貼的兒子一定希望媽媽不要過於傷痛，想告訴她，他會在天上過得好好的。

長期於國外經商的先生，在得知兒子車禍身亡的噩耗之後，一樣悲痛至極無法面對佳樺已死的事實，意志非常消沉。

而向來對佳樺疼愛有加的公公，尤其難受，甚至因為太過傷心而得了憂鬱症。全家人其實都不好受，雖然兒子的死是個意外，但是來自內心的自責與內疚一直掛在吳媽媽的心上，幸好當時有教會姐妹們的日日陪伴，宗教信仰的強大支持，才讓吳媽媽能夠堅強面對一切，然後一步一步踏出來。

「那時我記得教會的姐妹都很怕我傷心過度倒下去，一直找我出去走走，還買雞精給我喝，最重要的是她們一直默默陪伴我、激勵我，讓我不要那麼難過。」這些陪伴讓吳媽媽湧現要快快走出傷痛，好好活下去的希望。

對於兒子的車禍去世，雖然吳媽媽剛開始無法從悲傷的情緒中平復，但是在她內心默默狂喊兒子名字的時候，只要想到他燦爛無比的笑容，就能在心中找回一點點的陽光與安慰。

懂事善良的佳樺自小成績就非常好，求學過程從來都沒有讓人操過心，各種表現都很優異，是全家人的驕傲，而佳樺總會在假日參加教會並參與一些服務性活動。高中畢業後順利考上成功大學電機系，很喜歡幫助別人的他也積極參與學校服務性的社團活動，常常利用寒暑假到偏遠山區服務教導小孩或照顧老人。有一次他要出團前不小心弄傷腳，但是仍心繫著山區小朋友們的殷殷期盼，所以就忍耐著腳痛，堅持上山服務。這樣的事，佳樺總是笑笑帶過，跟她說：「媽媽沒關係的，就一點點小傷而已，我會自己照顧好自己的，你放心啦。」

佳樺常常跟吳媽媽說：「媽媽，偏鄉小朋友的資源少，加上有些小朋友的父母不在身邊，他們連吃飯都有問題了，哪有錢去補習學英文或才藝，所以我們才需要幫忙他們，讓他們不要和城市的小孩差距過大！」

吳媽媽心中對佳樺一直有著深深的愧疚感，因為佳樺的弟弟身體不好，她要花比較多的時間和心血去照顧弟弟，所以難免有時會忽略佳樺，但是佳樺總是反過來安慰媽媽說：「媽媽，你看我什麼事都會自己做得好好的呀，你們根本不用擔心我，我可以自己照顧好自己，你只要專心把弟弟照顧好就好了。」

案件發生後，冗長的法律訴訟程序最讓吳媽媽頭痛不已，還好當下犯罪被害人保護協會除了主動提供協助之外，並在其間一直默默陪伴著她，讓她惶惶不安的心稍得鎮定。

肇事者是一名二十多歲的年輕男子，案發時酒駕肇事逃逸，但是被抓到之後，雖有多次表達歉意，本人也在佳樺的告別式前來致意，但是當時的吳媽媽心中還是無法選擇諒解，因為酒駕導致一個年輕生命的停止是多麼的不公平。吳媽媽跟協會工作人員說：「其實賠償多少錢都已經買不回我的兒子，金錢賠償對我的意義不大，我真正想要的是法律上的被公平對待。」

吳媽媽不能釋懷的是酒駕肇事者的被輕判。經歷過上訴被駁回後，吳媽媽對法律判決很失望，因為臺灣對於酒駕的判刑過輕，所以才會一而再再而三，不斷地有酒駕車禍這一類的悲劇發生。

不過在最後的那次民事庭，肇事者低著頭向吳媽媽走過來，用微小的聲音、誠懇的眼神望向吳媽媽說：「真的很對不起，我再也不會喝酒開車了。」吳媽媽當下百感交集，雖然肇事者之前也曾表達過歉意，但是她最希望的是這個世上再也不要有酒駕車禍的案件再度發生了。此時在那個肇事者誠心道歉的瞬間，她突然明白了，寬容也是愛的一部分，它是無法與愛分割的。

於是吳媽媽在心中做了「原諒」肇事者這個決定，有了原諒對方的這個想法，讓她覺得和佳樺之間彷彿有種連結。她決定放下對肇事者的怨恨，就如同聖經所說的，當你饒恕別人，也是饒恕自己，如此才能真正放下。

後來，她也參與修復式司法方案協同與肇事者會談了兩次，最後選擇真心原諒對方，這樣的舉動也得到家人的認同肯定。吳媽媽知道在天上的佳樺也會選擇原諒，她心中明白只有選擇饒恕，才能真正的放下。她也衷心希望能給年輕的肇事者一個重新出發的機會。

失去摯愛，見識到世事乖離、禍福無端的殘忍，一個年輕生命的嘎然而止，任誰都無法改變，像流星畫過夜空般的短暫，然而對於佳樺的記憶卻還那麼地深。

吳媽媽說佳樺是多麼讓人疼愛的小孩，為什麼緣分要這麼短，她日日夜夜都在心中呼喊著他的名字，想著平日佳樺的溫暖與體貼，為何人總在真的離別後才有那麼深的思念。

然而，吳媽媽也是在走過這一段心痛的路之後才漸漸明白，這世上有很多事都是無法選擇的，必須被動接受。多年後再回想佳樺的種種，她好似覺得他一直沒有離開過，一直在默默地陪伴她，給她一條清楚的方向和良善的能量。每當她想到佳樺在世想要做的事情和之前所做的事，她便更能理解了，她應該要「愛其所愛」，去完成佳樺想做卻沒辦法再做的事。

有了來自傳遞佳樺那種純粹助人的信念，吳媽媽的心境也慢慢開闊起來。不但用正面積極的態度去面對生活，並且投入公益。在家人的支持下，她用車禍的賠償金，以佳樺為名成立了一個獎助學金的基金，提供「犯罪被害人保護協會臺南分會」的被害人子女的獎學金申請，藉此幫助貧困的學生。

吳媽媽謙虛地跟協會的工作人員說：「一路以來就是有你們愛的陪伴與無私的協助，我才能走得出來，謝謝有你們，我只是盡我一點小小的力量而已。」

有一次，吳媽媽參加協會辦的活動，席間她上臺分享了一段話，有一位馨生人跑過來對她說：「吳媽媽你好棒，已經走出來了。我的家人都還遲遲沒有辦法走出傷痛。」看到眼前有同樣遭遇的人，她心生感慨，這時她才發現有一份心靈的寄託很重要，或許她就是因著信仰與家人一路上的體貼支持，才能有實質上的力量去面對困境，不過她也是花了整整兩年的時間才走出陰霾。

吳媽媽的愛還要一直傳遞下去。

因為家人的支持，她很願意化小愛為大愛，她在犯罪被害人保護協會臺南分會的紀錄片《愛，伴你左右》現身說法，分享自己的故事與創傷修復的心路歷程，希望鼓勵馨生人可以勇敢走出傷痛，面對新的人生。她也參與臺南地檢署修復式司法方案並協助拍攝紀錄片《創傷之後——修復式司法紀實影片》，希望透過影片讓肇事者瞭解被害人家屬的傷痛，互相諒解並且放下仇恨，開啟良性的溝通空間，也希望大家能夠理解修復式司法的意義。

揮別黑暗，迎向美好的陽光，現在的吳媽媽不再因為佳樺而哭泣，她要把對兒子的愛用另一種方式延續下去。她為有意義的事而忙碌著，有一份來自佳樺的愛在她心中汩汩流動，因著信仰，因著別人對她的愛，她經驗了並學會了另一種愛，去幫助別人，讓別人更好的美好真心。

她說：「只要我的心中還有一點空間，就要拿來關懷人與幫助人，愛與被愛都是我終其一生要做的人生作業。」

舊事已過，一切會變成新的，吳媽媽早已瞭解到當自己不再逃避生命終需面對告別後，才是療癒的真正開始。

告別佳樺的那一夜，那麼冰冷，那麼痛，吳媽媽現在想起來還是會痛，但是她在心中清楚的知道佳樺一直與她同在，她有時會在夢中見到他，夢裡總有好美好美的雲彩，她相信有那麼一天他們還是會再相見的。

4.

乘著歌聲的羽翼飛翔

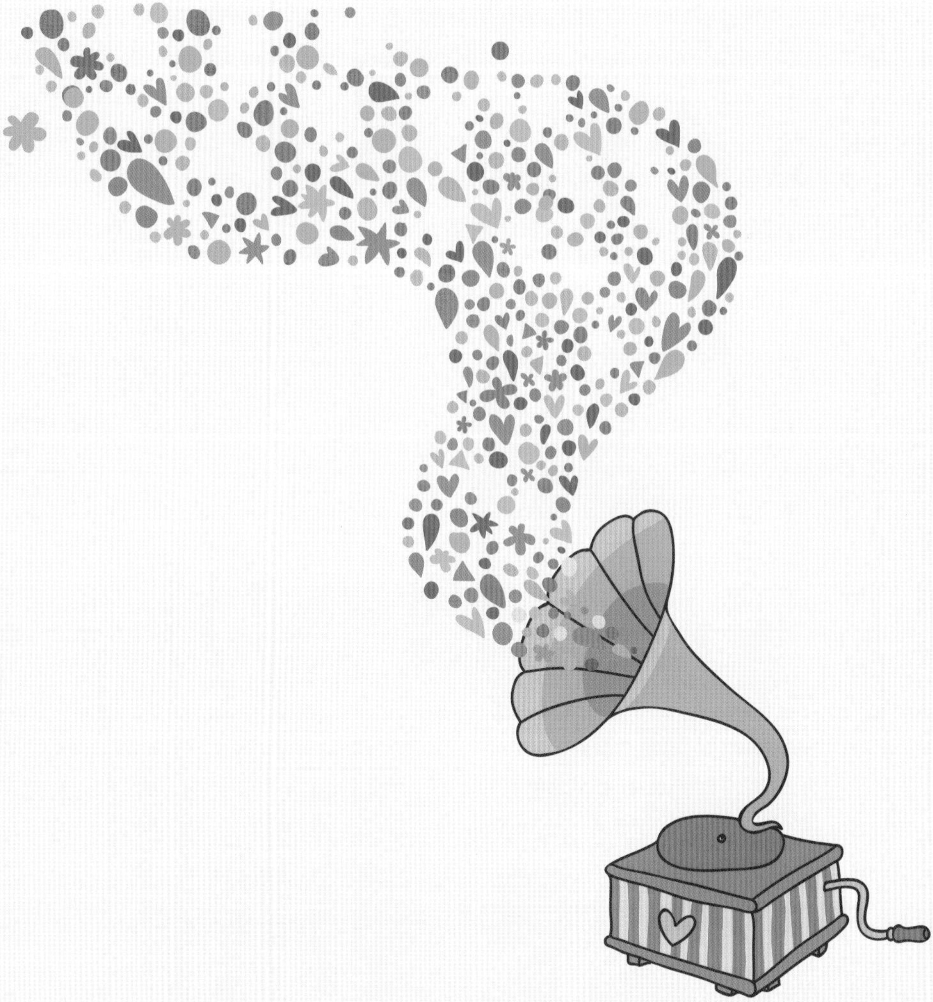

必須終生坐在輪椅上的怡芬一開始絕望到了極點，
她覺得再努力又有何意義，自己連站都站不起來。
她受傷的心靈包著厚厚的一層繭，她與外界越來越疏離，
從客廳窗簾的隙縫偷偷往外望去，
外面那個喧嘩的世界已經不屬於她。

來自臺東的鄭怡芬，個性開朗又樂觀，高中時保送臺北海山中學體育班女籃隊。怡芬擁有阿美族血統，自小就是運動健將與歌唱高手。高中時是職籃甲組成員，征戰全國得獎無數，還曾代表學校打敗過韓、日等國家隊。畢業後，她本想朝自己心中的目標前進，喜歡唱歌的她一直有著參加《超級偶像》歌唱比賽的夢想，但是民國一〇三年二月她和表姐開車外出，一場車禍改變一切。

此次的車禍事故兩方的司機乘客都受傷，但其他人都慢慢復元，只有怡芬因為胸椎、脾臟、肋骨、胃、肺等嚴重破裂，花了兩個月的積極醫療也只能救回終生需坐輪椅的命運。當她獲知永遠都不能再奔跑、走路的殘酷事實時，完完全全無法接受。

臉上殘留的疤痕也讓愛美的怡芬不能接受。

鄭媽媽在看到怡芬受到如此大的傷害下，下定決心辭掉工作全心全意照顧她，但是怡芬一直躲在陰暗角落，更產生自卑的情結，無法接受脊髓重傷的這個事實，也不願看到別人對她產生憐憫的目光，不定時且沒來由的情緒暴衝，生氣、哭泣、折磨人。看在媽媽的眼裡，除了心疼還是心疼，只能默默陪著她在一邊落淚。

正值青春年華的女孩，遇到這樣的遭遇，任誰都無法接受，況且怡芬還曾經是馳騁球場的運動健將，是一個夢想著要在歌唱舞臺上發光發亮的年輕漂亮女孩。而這個夢想如今粉碎殆盡，當然更無法釋懷。

人世間的無常驟變，讓怡芬孤單絕望到了極點，她覺得以後一切努力又有何意義，反正再也站不起來。她受傷的心靈包著厚厚的一層繭，時常渴望回到從前那個擁有完整身體的自己。

她與外界越來越疏離。她總是從客廳窗簾的隙縫偷偷往外望去，外面那個喧嘩的世界已經不屬於她了，那些人那些事，也已經與她無關，絕望悄悄爬上怡芬的心頭。

怡芬根本不想見人也懶得講話，鄭媽媽心裡乾著急卻不知道該如何是好。

這時心境已起變化的怡芬帶著不安的情緒在父母和表姐陪同下，與犯罪被害人保護協會有了初步的接觸，她們希望能得到一些協助。

鄭媽媽問了一些法律相關的流程問題，還有醫療補助該如何申請等等，協會工作人員和志工也多次去怡芬的家中探訪和她聊聊天。

協會發現怡芬的情緒相當不穩定，與父母的關係也瀕臨破裂，因此派了兩組人協助怡芬與其父母分別進行一對一的心理輔導。透過循序漸進的心理諮商去修復療癒怡芬受傷的心靈，並修補已經出現裂痕的家庭關係。

經過幾個月的心理輔導，協會的人發現怡芬好像很期待與外界的人見面聊天，對於一些她沒接觸過的事情也總是好奇地睜大眼睛，想要多瞭解。

言談舉止慢慢變得友善且爽朗了起來，甚至還會和來訪的志工開玩笑，以前那個活潑愛熱鬧的怡芬又漸漸回來了。她與父母的關係似乎也因此慢慢被修補了，家人間的感情變得更緊密。

但是屋漏偏逢連夜雨，一直細心呵護女兒的鄭媽媽因為照顧怡芬過於勞累而中風，這時鄭爸爸只好辭掉工作來照顧家中的兩個病人，就是因為這樣，怡芬才深刻體會到父母這段時間對她有多好、多包容。

怡芬知道自己不能再這樣任性下去，未來的路還很長，她得需要先學會獨立照顧自己，不能再讓父母為她操心，她下定決心要徹底改變自己。

或許是該冷靜下來，好好想一想該怎麼走下一步了。

怡芬回想起以前最快樂的時光就是打籃球和唱歌。

打籃球現在是不可能了，但是她還是可以唱歌呀，她腦海中浮現了以前那個想站上舞臺唱歌的夢想。

人緣好的怡芬，朋友們都知道她愛唱歌，車禍之後為了讓她轉換心情，忘卻悲傷，偶爾會約她出門唱歌。

一開始，怡芬發現自己竟然跟不上節拍，只能坐在旁邊和著，這跟以前屬於唱將等級的她完全不一樣，好強的她想要找回過往的自信，她也開始利用唱歌來鍛鍊自己的胸椎無力與增加肺活量，沒想到這一練竟成為她後來的謀生專長。

這時，怡芬也認識了一些熱心的脊髓損傷病友，大家常在一起彼此打氣，互相扶持。有些病友和志工也會用過來人經驗到家中鼓勵並且陪伴怡芬，讓她對這世界重新燃起希望。

「有一次志工到家中來看我，他們跟我說別害怕，有很多脊髓受傷的人不但能生活自理，還能開車！跟一般人根本沒有什麼兩樣。」

聽到這句話，怡芬眼睛一亮，引發了她想改變現狀的心。這些鼓勵的話語讓她重拾對生命的熱情，並離家前往脊髓損傷者的大本營，位於桃園的「脊髓損傷潛能發展中心」，去學習如何獨立，並且開始進修精進歌唱表演方面的才藝。

怡芬依然夢想著有朝一日可以再站上歌唱的舞臺發光發熱。

「我相信，只要我一直練習，持續的進步，不管以後結果如何，都一定會有不同的收穫，人生就是這樣，只要你努力過了，不論輸或贏都一樣精采。」怡芬無時無刻都這樣鼓勵自己，最壞的都過去了，現在她要開始朝夢想邁進。

就在同時間，另一個轉機也出現。才剛開始參加歌唱比賽就獲獎的怡芬，與一樣愛唱歌且同樣得獎無數的方羚認識了，她們都有著原住民血統，一樣劫後重生，兩個人同樣熱愛唱歌，這麼多巧合讓彼此變成好友，後來也一起組了歌唱團體「Power Angel 能量天使」。

「意外並沒有讓我們放棄自己的夢想，我們的歌聲想要傳遞的是有關我們生命的故事，也願意把這樣的能量分享給大家，我相信生活不會虧待每個努力的人。」怡芬笑著說。她們需要的是一個舞臺，要把苦練的才藝表演出來，每一場演出對她們來說都很珍惜，也需要觀眾們真心的支持與鼓勵。

她說只要願意堅持下去，很多不可能都會變成可能。像她就由剛出車禍時只會自怨自艾，怪東怪西，到現在可以獨立自主的生活，還靠唱歌謀生，甚至投入許多的公益活動。

因為自己曾經是運動員，所以瞭解不屈不撓的鬥志與毅力是多麼大的一股力量，現在她把那種能量用在自己的改變上。

在接受專業歌唱表演的訓練後，「Power Angel 能量天使」正朝著自己的音樂之路前進。

除了歌唱技巧，樂器伴奏外，她們也會開始創作自己的音樂，她們要用動人的歌聲傳頌生命的美好。

就像她們在粉絲專業上寫的一樣：我們因為意外，在人生道路上跌得很慘，但我們抉擇跨出第一步，前往我們的道路，未來不論遇到什麼樣的挫折，都會攜手一起走過。在人生的這場冒險中她們要再勇敢一次……

「我一直都在這條歌唱夢想的路上使盡全力，也學會要對自己的人生負責任。所以，我寧願奮力一搏，也不想後悔。」對於怡芬的堅持與勇氣，早就讓許多粉絲們深深感動不已。

當舞臺下的粉絲們瘋狂喊著：「阿寶阿寶，我愛你。」（阿寶是怡芬的外號），她望著支持她的忠實粉絲們，激動得落淚，她知道自己的努力被看到了，一切會不一樣。

隨著清晨的第一道陽光，晦暗已經慢慢褪去，過去那個熱愛生命的感覺慢慢回來了，心中的那股能量已逐漸驅走黑暗，並帶給她更堅定的力量。

對怡芬而言，人生就像是一場發現自我的旅程，有悲有喜，透過迂迴曲折引導著她朝著「夢想」前進，夢想能在歌唱舞臺上發光發熱，她的笑容也一天比一天更加自信從容。

「雖然生活上有時難免不便，但是我會盡量克服，我希望證明給大家看，只要努力，很多事就能做得到，我想走一條不讓自己後悔的路！」

現實生活中依然會有問題存在，但是她期許自己能以正向能量去面對人生大大小小的抉擇與困境，自己的人生掌握在自己手中，她要學會自己為未來負責，當然她還是要謝謝協會與這一路上陪伴她的所有人。怡芬說她將會用歌聲作為回報，用一首又一首的歌，唱出自己對生命的感動。

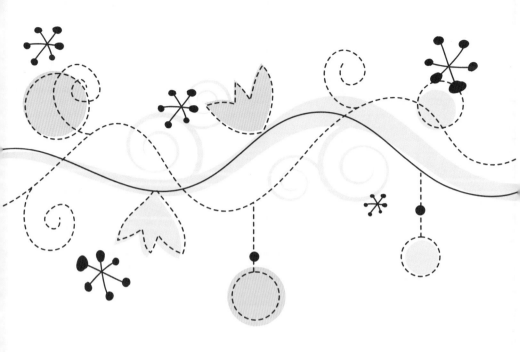

5.

愛的療癒旅程

失去妹妹的哥哥，失去愛女的父母，
不管時間過了多久，只要想到女兒都依舊悲痛不已，
心沉入黑暗，擦掉心中的不捨與眼淚，
但是卻永遠擦不掉對女兒深深地懷念。

心情的平復絕非一天兩天，
和心愛家人的緣分如此短促就匆匆道別，
家人經過了好久好久才走出來。

一場海外旅遊發生的不幸事件，變成無可阻擋的亂流，讓悲傷的氣氛籠罩盤旋在蔡家久久無法消散，直到多年過後，帶著希望自己能幫助同樣有過創傷遭遇的人的心境出現後，讓這家人逐漸修復，回到原來的生活樣貌。

二〇〇四年六月二十七日，小玲與她的哥哥隨團赴日本旅遊，在大學念的是日文系，加上她本人對日本十分嚮往，想在日本度過一段難忘的假期，心中難掩興奮之情，他們原定於七月一日要回臺灣。在遊覽了橫濱、箱根等地後，兄妹二人在第二天住進了山梨縣富士河口的一家飯店，準備第二天一大早前往遊覽富士山美景。

六月二十七日晚上九點左右，因為當天哥哥先睡了，所以小玲獨自一人走出飯店前往附近的便利店購買電話卡。半夜，哥哥醒來，發現妹妹不在房內覺得奇怪，然後又一直等不到她回來，接著再三確定沒有其他同團的人知道妹妹的行蹤後，哥哥才意識到可能發生事情了，隨後用飯店資源，由導遊陪同向日本山梨縣警察局富士吉田分局報案。

妹妹無預警失蹤後，哥哥心急如焚更帶著深深愧疚。報案後，日本警方出動近百人搜查，卻遲未尋獲。數日後，因為凶手把搶奪到的鑽石項鍊準備拿去變賣，被珠寶店老闆發現後報案，警方鎖定目標跟蹤拘捕並收押凶手，而一直到日本警方搜尋到小玲的屍體，凶手才俯首認罪，全案得以在七月一日偵破。

得知妹妹的死訊，哥哥眼淚潰堤，覺得是自己沒有盡到照顧責任。小玲當時還是大學日文系三年級學生，在校成績不錯，早就通過日語一級檢定，本來還規畫畢業後要到日本繼續讀書或工作，沒想到竟然在自己最愛的國度發生令人惋惜的悲劇。小玲的個性開朗樂觀，人緣很好，當師長及同學們得知她不幸遇害都悲痛萬分，不敢置信。

然而最最傷心難過的莫過於小玲的父母與家人了。小玲的父親即刻從臺灣趕到日本，對於日籍凶手誘騙殺害女兒且棄屍的殘忍手段忿恨難平。

「女兒是那麼愛日本，那麼喜愛那個國家，為什麼命運捉弄人，讓她在最喜歡的國家遭遇不幸。」家人的淚早已流乾，多希望一切只是一場噩夢。

此案在當時震驚臺、日兩地，小玲的父母無數次跨海出庭要為女兒客死他鄉找一個確切的答案。通過翻譯努力想要理解那些法律名詞和案發經過，但是案發當時的每一個細節都像一把刀一樣刺進蔡家人的心，加上凶手於法庭上絲毫無悔改之意，一副事不關己的態度，沒有道歉或感到一絲羞愧，還在法庭上出言不遜，這一切都令小玲的父母多次淚灑法庭。強大的無奈感撲湧而至，蔡家人拳頭握得緊緊的，很想撲上前痛揍兇手幾拳。但是無論如何盡力想為女兒找回公道，但是走到最後，他們才發現除了眼淚一直流之外，什麼也幫不了女兒，如何向上天祈禱，女兒都回不來了，想到這兒，悲傷和怒氣在瞬間增加好幾十倍。

本案最後雖由日本法院判處兇手無期徒刑，但兇手卻從未曾向小玲的父母道歉及賠償。另外兇手的父母於案發後，不但不聞不問，而且急著切割與他的關係，這令人憤怒的行為，也都對小玲的父母與家人造成二度傷害。

失去妹妹的哥哥，失去愛女的父母，不管時間過了多久，只要想到女兒都依舊悲痛不已，心裡沉入無盡黑暗，擦掉心中的不捨與眼淚，但是卻永遠擦不掉對女兒深深的懷念。心情的平復絕非一天兩天，和心愛家人的緣分這麼短促便匆匆道別，蔡家的情緒過了好久好久才得以平靜。

這些年來，他們由衷感謝犯罪被害人保護協會的協助與幫忙，沒有他們，很多事都讓人束手無策，沒有他們，面對生命的曲折無常，要恢復的時間可能要更長一點。

協會在得知本案初期，就由協會工作人員及志工們前往蔡家訪視與慰問，而協會也針對家屬對打跨海官司的困難，提供協助，並請求政府部門可以透過對等公平的關係為被害方做有利的發聲與支援，給予有力的協助。另外，協會志工都不斷持續地去陪伴關懷被害人家屬，並協助追蹤本案的海外司法程序。

這個案件在民國九十七年十月二十六、二十七日，法務部於圓山飯店國際會議廳舉辦之犯罪被害人保護業務國際研討會時，協會也幫忙提出本案被害人家屬無法求償的問題並予以討論。期間又積極向當時的法務部部長反應，法務部保護司立刻針對問題協尋日本相關犯罪被害補償的相關法令，並提供資料給協會作為參考依據。協會當下立刻請當時任職於彰化地方法院檢察署之主任檢察官協助翻譯，不過最後卻得知因時效且被害人非屬日本國籍，所以無法申請日本方面的被害補償。

經過往返多次的跨海爭訟，對蔡家都是一次又一次的傷痛。最後雖然案件無法如願圓滿，但是被害人母親因為長期受到協會持續地關懷與陪伴，並給予心理輔導和心靈的支持，協會無條件付出與努力都看在蔡媽媽的眼裡，也深深刻印在她的心裡。

「我真的很感動，這一路上有協會的愛與陪伴，有時候他們會過來探視，閒話家常，有時候則會告訴我們訴訟的相關問題和進度，更多時候是陪坐在旁，安靜地聽著我們發牢騷。」蔡媽媽說被愛的人是幸福的，因為被關心過才知道自己也應該以同等的方式去關懷別人，因為感受到那是出自真心的，這些協會人員與志工的付出，幫她度過最難的那一關，讓她走出傷痛，願意去面對，光這些就做得夠多了。

蔡媽媽說協會有一股正能量，他們總是「全心全意」去幫助人，幫助人貴在用心而不是用錢，就是這樣的精神也深深感動了她。所以她也於民國一〇一年加入了協會的志工服務，她說希望藉由親身走出傷痛的經驗，去鼓勵一些馨生人可以快點走出陰霾，重新面對新的人生，她想用愛成就另一種人生價值，讓美好的世界轉動。

她想著樂觀開朗的女兒在另一個世界應該也會很高興她這樣做。

蔡媽媽現在積極投入志工服務，經常參加活動並陪伴馨生人，她說這世上悲傷的故事還有很多，要如何去面對生命的別離或孤獨，然後學會放下，這一堂課她也是經過很久才學會。協會默默為馨生人做了那麼多事，卻從不張揚，所以她當然也要義無反顧加入這個溫暖善意的團體，去分享、去接納、去傾聽別人的傷痛，讓他們可以重新站起來擁抱生命與希望，這樣才是有意義有價值的事。

「當我們終於能全然放下後，才是真正療癒的開始。」

「在這世上有時遇到下雨天不一定有人會為你撐傘，有時傷心流淚不一定有人會為你擦掉眼淚，但是只要你願意走出來，自己的傷痛得先靠自己療癒，傷痛不要都放在心裡，要釋放，也要表現出來，讓人生產生『正面循環』。」這些都是過來人蔡媽媽的真心話，那也是一段以愛為名的人生經歷。

6.

永不放棄，讓愛蔓延

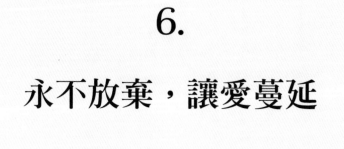

潘爸爸思前想後，走來又走去，一切的考量都是爲了女兒。

他要將自己的床讓出來給婷婷睡，

寧可自己睡地板也可以在旁邊讓婷婷感到安心，

覺得沒有被遺棄。

他知道接下來就是很艱辛的路，

但是再苦都要咬著牙撐過去。

潘爸爸拿著別人給他的犯罪被害人保護協會的資訊，帶著忐忑不安的心來到協會。他眼神帶著悲傷，愁容苦臉。他說因為女兒婷婷在之前發生了一場車禍，人已經躺在醫院好一陣子了，無法言語也不能行動，狀況不好，但是醫院卻要求他們出院，如果要把女兒送到安養中心，他們又於心不忍，經濟上也不允許，可是如果要帶回家照顧，又怕無法讓女兒良好復元，所以他和太太都很煩惱。這時剛好有和他們相同遭遇的重傷家屬告訴他，可以去犯罪被害人保護協會尋求協助，所以想來試試看。

潘爸爸說明來意後長長嘆了一口氣，接著又說起婷婷出意外的其他細節。

婷婷是坐在同學機車後座，在放學回家途中遭變換車道的自小客車撞到，當場倒地，立即被送往醫院急救，但卻已經造成腦部的嚴重損傷，以致全身癱瘓。這個突然其來的意外，讓原本家裡經濟條件就不好的狀況雪上加霜，從那一刻起也改變了這個家。

潘爸爸雖然不是婷婷的生父，但是一直以來都對婷婷視如己出，婷婷發生事故後的醫療費用都由潘爸爸一肩扛起，他每天都拖著疲憊的身體一直努力的工作，只為能給婷婷最好的照顧，也希望在旁邊陪伴她復元。

當協會工作人員與潘爸爸、潘媽媽在醫院當婷婷面前討論她的去處時，當下無法言語的婷婷默默低下頭，顯露出落寞的神情。因為原本有人建議潘爸爸把婷婷送到養護中心，他們也去看過幾家養護中心，但是，還是想把女兒留在身邊自己照顧。特別是看到婷婷無助的眼神後，潘爸爸心中更加的不捨，他下定決心，不管如何辛苦，都要將她帶回家自己照顧。

「有什麼辦法呢？我一看到養護中心冰冰冷冷、黑黑暗暗的，看了兩家後，太太眼淚就掉了下來，我怎麼可能對女兒說要把她丟到那兒，婷婷如果知道一定會有被拋棄的感覺，我們做不到。」

潘爸爸說有好幾晚在醫院睡不著，思前想後，走來又走去，一切的考量都是為了女兒。他要將自己的床讓出來給婷婷睡，寧可自己睡地板也可以在旁邊讓婷婷感到安心，覺得自已沒有被遺棄。他知道接下來就是很艱辛的路，但是再苦都要咬著牙撐過去。

「天下父母心，全都是一樣的啦，放在手掌心呵護的小孩，不可能就那樣放手不管。」潘爸爸和潘媽媽沒有怨言，只有心疼。

犯罪被害人保護協會在得知婷婷遭遇之後，決定先幫忙協助分擔一些潘家的經濟重擔。首先於第一時間即刻發放緊急資助金，好讓潘家能稍稍的減緩壓力。然而婷婷未來的醫療及復元是一條很漫長的路，為了讓潘爸爸能夠專心的工作以維持家庭經濟，也讓潘媽媽能夠好好專心照顧婷婷，協會也向外尋求張榮發基金會的醫療補助金，還結合協會合作的義務律師陳麗珍協助捐助善款，籌措一筆重傷扶助金，來鼓勵潘家及婷婷要更努力去復健。

另外，協會在婷婷漫漫復健之路上，也給予全心全意地協助，除了啟動「安馨照顧您，重傷扶助專案」，也委派護理師到家指導潘媽媽運用居家照護技巧協助婷婷及記錄婷婷飲食排泄等概況。在婷婷復健方面也先由物理治療師進入潘家，參與指導潘媽媽學習幫婷婷復健的專業技巧，接著改由職能治療師教導婷婷生活功能的復健。潘爸爸有空也會積極陪伴在婷婷身旁，遵照職能治療師的指示製作符合婷婷使用的桌子。大家看見婷婷復健正一點一點在進步，都替她感到高興。

車禍發生九個月後，在婷婷首次出門參加協會的年節關懷活動，協會也當場送給她募集到的一部小筆電，讓婷婷可以與外界溝通並練習訓練手部功能。

婷婷的復元持續進步，一年半後，潘爸爸已經可以帶著婷婷及全家一同參加協會舉辦的戶外活動，看著婷婷沿路的笑容，那開心的模樣，讓潘爸爸潘媽媽早已忘卻照顧的辛苦。

「真的不容易，一路走來，看到婷婷笑了，我們全家人的心都融化了。」潘爸爸與潘媽媽看到陽光下婷婷燦爛的笑臉，便已心滿意足。

走路，對於正常人是輕而易舉的事，但對於婷婷踏出這一步，卻足足等了兩年半的時間，當潘爸爸、潘媽媽看到這如神蹟般的驚喜，這段時間的辛苦與勞累都化為欣慰的淚水。

「最難的這一步婷婷都跨過去了，以後還有什麼過不去的？」潘家人的滿心喜悅也感染了大家，看著婷婷在參加協會的戶外活動時，離開輪椅藉由助行器展現她兩年半來的復健成果，也給了其他重傷家庭很大的鼓勵及信心。

犯罪被害人保護協會也一直提供潘家人法律上的協助，從監護宣告、刑事偵查、刑事一審、刑附民、民事二審及保全程序等扶助之下，協會一路相伴，讓潘爸爸及潘媽媽感念在心，因此在案件和解之際，即使自家為低收入的弱勢家庭，但在收到賠償金後，潘爸爸立即帶著三萬元現金到協會來捐款。

「這錢真的不是很多，但是是我們的一點心意。」潘爸爸很感謝協會一路上的幫忙。之後協會辦理的每一場活動，潘爸爸都帶著女兒積極參與，因為他希望婷婷可以有機會持續與外界互動。在活動現場上，潘爸爸也會主動積極的與其他重傷家屬分享婷婷的復元歷程，給參加活動的其他重傷家庭最大的關懷與支持，並增加他們對於復元的期望。

一路走來，潘爸爸最感謝的是犯罪被害人保護協會的協助，因為每當他們遇到問題，協會的人總會在第一時間幫他們找方法解決，並且一直鼓勵他們不要放棄希望。所以在幫婷婷復健的過程，只要遇到問題或困難，都會先想到要與協會聯繫。

潘爸爸說：「有時自己都會覺得好感動，協會這樣不離不棄，一直在旁邊陪伴並鼓勵我們，婷婷能走到這一步，真的好不簡單，一定要謝謝大家啦！我們每次碰到挫折，協會的人總是會在一旁給我們打氣。」

樂觀的潘家人總不吝帶給重傷家庭更多在居家照顧婷婷歷程中遭遇到的問題與復健之路的甘苦的經驗分享，希望可以幫助其他人減少照護歷程上的艱辛。

「剛開始一定會很辛苦，熬過一段日子就會慢慢轉好的。」當潘爸爸與其他人分享歷程時，不厭其煩用鼓勵與提醒的話語跟其他有一樣遭遇的馨生人說。

「其實我們這些照顧者心態要調適好最重要了，因為如果連我們這些照顧者都倒下了，被照顧者也活不了，所以要懂得調適自己的身心，才能打贏這一場『長期抗戰』，對於漫長的陪伴照顧路，要樂觀以對，同時也需要其他家人或社會的支援協助才能一起做得更好。」這些話潘爸爸講得簡單，但是卻是辛苦換來的肺腑之言。

「我們現在最大的快樂就是能看到婷婷每一天一點一滴的進步！」潘爸爸繼續說，「她花了這麼久的時間，才能踏出那第一步，接著是第二步、第三步……這些對我們來說都是無價的。」

一對偉大的父母親讓婷婷的復健之路走起來不孤單，也期許婷婷能夠更有力量去面對未來。

7.

無私的愛與奉獻

一段經過創傷、修補、復元、療癒、重建的艱困心靈旅程，
孩子的姑姑都一直在身邊，願當一個愛的守護者，
她從不吝於給予這三個受創孩子全部的愛與理解，
給他們最溫暖的擁抱，
她希望這些孩子以後也能用愛去擁抱別人，
擁抱這個即使不完美卻依然有情有愛的世界。

一個人倫家庭悲劇在多年前發生，一位婦人被先生殺害，先生隨後選擇輕生，留下三名未成年子女，分別是十二歲的哥哥、十歲的妹妹及七歲的弟弟。

孩子的姑姑乍聽到噩耗難以置信，低頭啜泣不已，她對孩子們深覺愧疚，但逝者已矣，追究悲劇為何會發生已於事無補，瞬間失去親人，遺留下來的三個孩子，未來的路該如何走，這些才是姑姑最擔心的事情。

姑姑的心亂成一團，她是多麼、多麼地哀傷。孩子何其無辜，要如何能承受這種殘酷的事實，大人用最壞的方法結束生命，已成事實無法改變，但是孩子創傷的心靈該怎麼辦？

「當時我唯一的選擇是留這些可憐的小孩在身旁。一開始我也不知從何做起，但是我就一直很努力的做，沒有怨言，也從不曾想過要放棄。」身為孩子的姑姑覺得自己對三名遺孤有責任，他們父母沒了，家也沒了，有的只是滿滿的創傷，她在心中暗暗發誓無論如何都要畢其一生保護他們，不管再艱苦也要傾全力扶養照顧他們到長大成人。

姑姑主動要求將這三位孩子帶回家一起生活，她沒辦法放置他們不管，再怎樣艱難都一定要撐下去的。她不忍心見到三名孩子無人撫養，更害怕孩子會有嚴重的創傷後遺症。

所以當犯罪被害人保護協會出現，姑姑便積極尋求協助。當時這個案件受到社會極大的關注，協會的人發現三個孩子都有很明顯的創傷反應，於是開始介入關切與積極心理治療輔導，平常也與姑姑保持密切聯繫。

「創傷後壓力症候群通常是人們在經歷過可怕的事件或遭逢巨大變故後，產生的身心失調問題，透過心理輔導諮商治療可以讓病人慢慢復元。」心理師這樣跟姑姑解釋。

協會當時觀察到剛要讀國中的大哥總是逃避人群，話很少，不願意與外人接觸，對人有很強的防衛心與不信任感，與外界的人事物少有交集；而十歲的二妹僅願意依偎在大哥身邊，一步都不願意離開，相當安靜，對於要與人對話感到害怕與恐懼，像是自己做錯事般，不讓外界靠近，把自己藏起來不想引起別人注意；而表現起來差異最大的小弟則與其哥哥姐姐完全不同，感覺像是沒有發生過什麼事，個性顯得十分外向，愛表現，想引起大家注意，這些都是創傷症候群會有的症狀。

姑姑本來就在心中一直擔心孩子的成長會受到父母事件的影響，因此總是想著要如何創造溫馨屬於家的感覺。對小孩講話格外體貼溫柔，用溫暖來化解孩子的戒備與恐懼，深刻地知道孩子是多麼渴望被擁抱，她想盡辦法讓家裡的笑聲縈繞，好好教養孩子，不希望大人的事情折磨孩子。

而協會主動積極提供一對一心理諮商與輔導來幫助他們慢慢走出創傷。因為持續的心理諮商，終於讓孩子心中不安的烏雲逐漸消散，孩子們的心情變得開朗明亮了起來，臉上也露出陽光笑容。

另外，協會不斷努力邀約他們一家人一起參加關懷活動，讓他們可以和外界有些接觸。協會的人經常跟姑姑這樣說：「小孩子一定要多讓他們出來走一走，多製造與其他孩子接觸的機會，這樣對他們心境轉變有益，多與外界互動，多與同年齡的小孩交流也可以增加他們的自信心，對孩子心理療癒會有正面的效果。」於是姑姑跟姑丈開始帶孩子們出席活動。透過一次次不同類型的活動，孩子們也終於漸漸卸下心防，願意和其他孩子們玩在一起。

「或許是他們一點一點長大了，變得懂事成熟，大哥雖然一樣內向拘謹，但已經不排斥與外面的人互動，與人群的距離慢慢縮近；二妹雖然一樣愛黏在大哥身邊，但也走出原來封閉的小世界，可以與人正常溝通應對；而最活潑好動的小弟跟其他被害人家屬的小朋友產生了聯結，早就打成一片了。」姑姑看著這些轉變，一天一天的變多，看著孩子們的說話聲與笑聲此起彼落，看到孩子慢慢恢復元來的生活軌道，心中覺得很安慰。

不過，在教養小孩的過程中，也不是都這樣一帆風順、萬里無雲，有時難免的爭執也會搞得姑姑心煩意亂。例如，孩子們在青春叛逆期就曾對姑姑大聲喊著：「你又不是我媽媽！幹嘛管那麼多。」「我爸媽都拋棄我們了！你根本不應該要我們。」諸如此類刺人心扉的話語，往往讓這位自己再怎麼苦都不願放棄他們的姑姑傷透了心。

當有孩子說自己不想繼續念書想要休學，姑姑只能苦口婆心的一再勸說。希望他們可以考慮優先完成學業；當孩子不聽勸執意要走相反的方向時，姑姑是再怎樣也都要緊緊拉住他們。有時只是在旁邊當個忠實聽眾，等他們發完牢騷。她與先生兩人總是想著，試著，要用怎樣的方式對這些小孩才是最好的，希望孩子能真心明瞭他們的用心良苦。

數不清的夜晚，姑姑與姑丈為了孩子的未來傷透腦筋、傷心落淚。大大小小的衝突與對立一直都有，姑姑有時不知該如何是好。遇到教養上的瓶頸只能咬緊牙關走下去，還好關卡都捱過去了。照顧孩子們的酸甜苦辣百般滋味都有，但是姑姑甘之如飴。姑姑與姑丈做什麼都是把這些孩子擺在第一順位，因為對他們來說這三個小孩比什麼都重要，她希望孩子可以擁有更圓滿無缺的親情。

三名孩子從懵懂無知到青春叛逆期，一路走來，姑姑都堅持要給孩子像家一般的溫暖，現在孩子已經長大，也能體諒姑姑當初的用心和辛勞，姑姑說：「只要他們能好好長大，再怎樣辛苦我都沒有關係啦！」還好，時間解決了許多問題，孩子們現在都能成熟獨立地思考，不用他們再費心。

「在人生的道路上，三個孩子也是跌跌撞撞的，也曾有過變數阻礙他們前進，但是他們都靠自己的努力走過來了，也很勇敢地去面對自己的困境，看到這樣我心中就充滿感恩了。」姑姑總是很努力的想為孩子多做點什麼，經過這麼多年，孩子都變成茁壯的大樹了，姑姑也可以真正放心。

其實，這位無私偉大的姑姑家中除了要照顧這三名孩子外，她自己也有兩位身心障礙的孩子要照顧，這不禁讓人覺得訝異，原來姑姑這麼辛苦，撫養了五個小孩，而且每一個都當心頭寶一樣的對待！

姑姑說：「我最感恩的是我的先生，他總願意陪著我一起陪伴這些孩子，這些孩子要出門，總是我先生騎車載他們；這些孩子遇到什麼問題，第一個被找商量的也一定都是我先生。」

熬過寒冷的冬天，樹木的新芽就都冒出來，度過漫漫長夜，朝陽也露臉了。姑姑的愛那麼深，那麼無私，那麼浩瀚寬廣，當孩子的心靈敞開，傷口就能慢慢被療癒。

一段經過創傷、修補、復元、療癒、重建的艱困心靈旅程，孩子的姑姑都一直在身邊，願當一個愛的守護者。她從不吝於給予這三個受創孩子全部的愛與理解，給他們最溫暖的擁抱，她希望這些孩子以後也能用愛去擁抱別人，擁抱這個即使不完美卻依然有情有愛的世界。

8.

活著，是我的勇氣

遮風蔽雨的家沒了，家人沒了，
卻獨留她一人，有一種莫名的原罪揮之不去。
不過，後來她慢慢想通了，
這人生重重的一擊一定有它存在的原因，
自己能夠死裡逃生就是奇蹟，
老天留她下來應該是要她去做些什麼！

民國一〇五年二月六日小年夜那天的清晨三點五十七分，南臺灣發生了芮氏規模六・六的大地震，位在臺南市永康區維冠金龍大樓則因強震大樓倒塌，造成上百人死亡。

震災於全力搶救第三天後的上午八點多，搜救人員在G棟七樓，救出生還者瑋瓴。她意識清楚，但讓人心酸不捨的是，當救難人員發現她時，她身上壓著的是替她擋住倒塌樑柱的丈夫，而只有兩歲大的兒子則被她抱在懷裡，但是他們當時都已經沒有生命跡象。獲救的瑋瓴，一家八口僅剩她一人存活，先生、兒子、同住的公婆以及由臺北南下過年團聚的大伯一家三口全在震災事故中身亡。本該要圍爐的一家人瞬間天人永隔。

地震發生時，先生保護她與兒子而被鋼樑重重壓住，當瑋瓴呼叫著先生的名字，卻聽不到回應。當兒子的哭喊聲由大變小，再到無聲息時，她就知道一切已經太遲。在黑暗中，瑋瓴腦中空茫一片，靜靜等候救援，殘酷在黑暗的空間中強烈地深沉地擴散，她唯一能做的僅剩呼吸，身體也好像不是自己的一部分。隨著時間分秒消逝，瑋瓴閉著眼睛逐漸步入更幽暗的無助中，她極度虛弱，呼吸變得更微弱，她想著該到時候隨著先生與兒子一起走。

原本不抱任何存活希望的她，卻在準備放棄時聽見牆外救護人員的聲音，瑋瓴鼓起殘餘的一點點微弱力氣喊著：「我在裡面，請救我出去。」她在受困了五十二小時後奇蹟般獲救。

事後瑋瓴說，地震時她第一時間起身抱住小孩，而後先生馬上衝過來抱住他們，倒塌的巨大聲響好似在嗚咽哀嚎著，但是三個人的心連得緊緊的。當下，她雖恐慌但是心很平靜，因為小孩及老公在身邊陪著她，能在最後時刻裡，和他們同在一個場域中也算了無遺憾。

瑋瓴是保險公司的經理，原本抱著獨身主義的她，在四十歲時與同事許文儒相識，兩人個性樂觀喜歡助人，因而互相吸引，於民國一〇三年互訂終身。先生為照料住在澎湖的父母親，買下臺南維冠金龍大樓七樓，並將他們接過來一同住。先生的哥哥則是每年過年時會帶妻小南下團聚，誰都沒料到會遇到這樣的災難。

瑋瓴雖逃過一劫，但是身體被水泥石塊壓太久而造成極大傷害，於奇美醫學中心治療共歷經三次手術，由於肢體受傷嚴重，至今依然持續進行著復健治療。或許是心中有一股要好好活下去的動力驅使著，她每天每天都要很努力於復健治療，恢復狀況有很大的進展。

案發後第一時間，犯罪被害人保護協會立刻與瑋瓴家屬聯繫進行探視慰問與協助，然後於民國一〇六年五月中旬，協會又與臺北首都扶輪社暨日本高崎北扶輪姐妹社取得聯繫，募集到關懷慰問金捐助臺南二〇六震災重傷者。協會一直持續追蹤並協助瑋瓴申請犯罪被害補償金，爭取被害人的權利，也不斷鼓勵她，讓她走出傷痛，持續復健並積極面對人生。

事故之後，瑋瓴雖然很想抱持著正面思考去面對人生，但是每逢夜闌人靜，總止不住悲傷寂寞。晚上她常睡睡醒醒，醒醒睡睡，有時一天只能睡上一、兩個小時，藏在內心深處巨大的恐懼不安讓她連痛哭的力氣都沒有。失去人生至愛，無法遺忘，瑋瓴活在傷痛中，交織著深深悔恨，完全沒有求生意志。

「記得我被救出後即被送往醫院，動完手術，剛清醒過來，我的頭腦一片空白，護士提醒我，我的身體應該會是劇痛的，但我的心是空的，呈現無感狀態，不感覺痛，也沒有任何情緒，眼淚根本流不出來，更別提進食睡覺了，我每天就像行屍走肉般過得『生不如死』，我不懂老天爺為何把我留下。」家人看到她不進食，也不睡覺，都萬分擔心。

「沒有想活下去的意願應該是我當下的情緒吧。不過後來嚴長壽先生與好友陳乃鈴的一些話影響了我，讓我找到重新活下去的目標與動力。」

「事發後三月十五日那天，嚴長壽先生來醫院探視我，他跟我說了一些話，當天我的情緒瞬間崩潰，悲傷隨著淚水痛快一次釋放，那時心中燃起一股生存的希望，這些話讓我找到今後活著的價值！」

嚴長壽先生說：「你活著能帶給社會很大的意義，因為你的經歷是別人無法體會的，所以希望你能記錄下來，當你遇到困境及情緒低落時，你是如何面對及克服，把這些分享出去，告訴大家你的經歷與故事。」嚴總裁的這段話，讓瑋瓴找到了「今後存在的價值感」，從那天起她知道要為何而活了。

另外，在瑋瓴住院三個月的時間，她的好友陳乃鈴每天都到醫院陪伴她。當瑋瓴開始恢復情緒，不斷哭喊時，她對著瑋瓴說：「你現在為失去的孩子在傷心，但是你有沒有回頭看看，你的母親也正在為她的女兒難過呀！」這句話敲醒她，讓瑋瓴收起悲傷的淚水，不再讓家人看到她的眼淚，她也徹底覺悟，決定不再逃避。

「乃鈴至今還是天天打電話關心我，而且每週都會撥一天的時間來陪我，載我出去走走，她對我無微不至的照顧，給我極大的安全感。」友誼的支持讓瑋瓴感動不已，也因此走過人生谷底。

而家人的支持與陪伴更是瑋瓴的堅固後盾。瑋瓴說：「在我出院後，二姐為了能天天陪我復健，放棄工作，她每天陪我在醫院的時間長達六小時，到了晚上還要幫我洗澡；而疼愛我的大哥，原本從事建築業，公司開在臺北，為了我，放棄所有工程，執意返回臺南照顧我，他帶著我不辭辛勞從南到北遍尋名醫，不放棄任何可以治癒我的機會。在我無法走路的那段時間，更是每天毫無怨言背著我，上下樓梯，他對我的愛，是我今生都還不清的。」

因著大家對她的愛與鼓勵，瑋瓴決定要好好整理身心狀態，重新開始，不再灰心喪志，要更努力復健，走出傷悲。因為她明瞭，活著就是希望，人的生命沒有機會重來第二次，現在唯有努力活著去幫助更多的人，才是她該做的事情。這樣的想法，在最絕望時成為她心中強大的信念。

「沒有人能幫你把痛苦和傷痛全部帶走，一切必須靠自己體會和理解，並釋懷，我也曾反覆問自己老天讓我存活下來的理由到底是什麼?直到嚴總裁的那段話點醒我，我想到可以用我的故事去影響幫助其他人。」

瑋瓴明白，很多事無法選擇，只能盡人事聽天命，雖然遮風蔽雨的家沒了，家人沒了，獨留她一人，有時難免有種莫名的原罪揮之不去，不過，這重重的一擊一定有它存在的原因，自己能夠死裡逃生就是奇蹟，老天留她下來應該是要她去做些什麼!所以，對於這個新得來的生命，她應該要更積極回應，這樣才對得起死去的家人，還有關心她的人。

她得努力重新開始，尋找人生目標，這些思緒都越來越清晰……，她決定「聽從內心的聲音」。

「我知道，有些人、有些事，無法回到從前，但是未來如果能為其他人做些什麼事，或對人有一點影響或幫助，就足夠了。」因為瑋瓴積極正向的態度也感動了許多同在復健中心的病友們，大家成為互相砥礪前進的夥伴，她不斷地鼓勵著同為維冠受創嚴重的其他被害人，希望大家快點走出傷痛，用樂觀的態度來面對未來人生。「災難剛過，因為心靈嚴重受創，需要好好療癒自己的心情，所以那段時間是最辛苦的時候。」

瑋甄突然懂了老天留她下來活著的道理，這個對她來說有很重大的意義。她知道存在這世間的價值到底要放在哪兒了，她會督促自己為社會或需要幫助的人多做一些什麼事情。

「我這條命是大家給的，我要努力復健、讓自己重新站起來，未來也將重新回到職場，並盡全力投身公益，我沒有辦法改變事實，但是我可以改變我面對不幸的態度，這也是我今後給自己的使命，能活著，就是一種希望，就是我的勇氣。」她想要把這份福分分享出去，讓人生路走得有意義。

在民國一〇六年十月二十八日，由協會舉辦的《你是我的勇氣》馨生人電影欣賞活動，電影講述著遭遇爆炸案後的身體重傷者的心路歷程，這場電影讓瑋甄內心感受非常深刻，因此主動與參加成員們分享了這段日子以來身心復健的過程。雖然艱難，但是她靠著意志與信念走出來。透過一連串的復健，瑋瓴激發出堅定的決心與重生後的信念，並藉著人生觀的改變找到以後自己努力的目標。

對於同為災後重傷患者或一些正在積極復健的馨生人，她給了以下的一些建議：

第一步，家人只要默默在旁陪伴就好，不要一下子給受創傷者太大壓力，因為畢竟有些人因為受傷導致殘缺在身，會選擇逃避，不敢去面對，所以旁邊的人不要太急，不可能一時就能忘記傷痛往事！給他們一點時間，一點空間，讓心情沉澱，好好想一下未來要怎麼走。

第二步，進入身心復健期，家人可以藉由熟悉的環境或人來協助，給他們一些動力。像我的家人就會把我以前的同事朋友都找來家裡，陪我聊天敘舊，讓我找回以前熟悉的感覺，藉由朋友的傾訴陪伴與打氣鼓勵，來增強我想恢復的動力，並且忘卻復健時的痛苦。

最後，有很多災後重傷者會覺得人生沒方向、沒目標，沒有「存在感」，所以家人朋友一定要給他們鼓勵與力量，讓他們找到存在的價值。

瑋瓴也期許自己能像電影《你是我的勇氣》中的男主角一樣，她想用自己的生命故事鼓勵更多受創的傷者勇敢克服創傷重新站起來，她想將自己復健重生的過程與更多人分享，影響改變更多人。她相信，每一個災難創傷者都一定可以靠自己的力量重新開始，並透過自我關愛、自我激勵，展開人生新頁。

平復了情緒，讓傷悲愈走愈遠，擦乾眼淚，走過寒冷的冬季，瑋瓴用期待的眼光，望向遠方，她說自己正站在人生的另一個起點，她知道一切會越來越好，她的心中有滿滿的光，她要把每一天都當作最後一天全力以赴，即使遇到挫折困難，也會努力克服解決。

不管明天是否依然美好，留下來的她會選擇帶著勇氣好好活著，瑋瓴說：「只要懷抱希望，一直往前走，然後找到自己於茫茫人海中的立足之處，就沒有什麼好害怕的。」

走過生命交叉點，面對一個新的人生，需要勇氣與決心，瑋瓴慢慢找回生活原本的步調，往人生下一個階段邁進，她時時提醒自己要用「善」的信念和「心存感謝」走向未完的人生旅程，並用「愛」與「溫暖」來回饋社會。

9.
有一種愛叫做「陪伴」

重建過程中，她的身心受到各種痛苦衝擊，
每每面對傷痕總是心痛到很想去死，
什麼事也做不了，還好在這些過程中，
有犯罪被害人保護協會一路相伴相挺，
她終於明白了有一種愛叫做「陪伴」，
帶給她希望，讓她能一直勇敢地走下去……

幾年前有一則驚世駭俗的社會情殺案新聞，一位男子將熟睡中的女友綁在床上，用水果刀割下五官後丟進馬桶沖掉，手法之殘忍在國內外前所未見，新聞至今讓人心悸猶存。還好該女經送醫後，存活了下來，不過需要持續進行各種大大小小的臉部重建手術，至於重健整形後的容貌能恢復到什麼樣的程度，當時醫師都覺得沒有把握，因為臉部五官幾乎削平，傷害實在太深了，無法判斷能恢復到幾成。

重建的路是一條漫長又辛苦的路。但是這個案例的被害人佳佳，卻靠著堅強的意志力一步一步走了過來。她的五官經過多次的手術與重建雖然已經大有改變，但是再也不可能恢復之前那個美麗的容顏。

剛開始治療重建過程，佳佳每接受一次手術，就會因為身心的痛苦不堪而更加怨恨加害者。她腦中浮現的都是案發當時那種恐懼與驚悚，人整個陷在惡夢之中醒不來，嚇出一身的冷汗，常有這樣的夢境無法讓人睡得安穩，她心中的恐懼遠遠大於傷痛，她的心早已寸寸斷裂，很難修復。那種與死亡極度接近的恐懼，是無法用言語來形容。她瞬間明白生命的脆弱，更感嘆命運殘酷捉弄，讓自己如此不堪。

事隔多年，佳佳一直對犯罪被害人保護協會心存感激，她記得協會在第一時間就前往醫院探視，但是那時她還在加護病房，是由兒子代為會談。在經過各方面的瞭解及評估後，協會還非常細心的提供了法律協助、調查財產協助、醫療補助、心理輔導等，此外也結合政府與社福單位連結其他的社會資源，協助減輕她在重建歷程上會遇到的經濟與精神壓力！

這一路走來，除了傷痛之外，還有許多無形的壓力存在。

「每一次的法律訴訟出庭，協會祕書都會陪同我們進行調解與開庭，並且在旁陪伴給予支持與鼓勵，他們人真的很好，總是會注意到一些小細節，也很害怕我再度受到傷害。」儘管如此，每一次出庭其實都是另一種身心的凌遲與煎熬。

即使達成初步和解，但是加害人的子女對佳佳十分不諒解，有時會大呼小叫表達對她的不滿，讓她這被害人情何以堪。對方甚至在和解金領取上也百般刁難，這些事情她都吞忍下來了。有誰會料到發生這樣的事情，況且看看她現在殘缺不堪的臉，這個代價付的不夠大嗎？她又不可能永遠不出門，「以我現在這個模樣，外面的人會怎麼看待？」這個問題道盡她所有的疑惑、不安與恐懼。

淚水常常湧上眼眶，她曾是一個體態優雅、容貌秀麗的瑜伽老師，在教瑜伽課時常告訴學生，要把不好的能量放掉，要以正向面對外面的紛擾，所有的痛苦、煩惱、不順利，要隨著深呼吸一點一點把它吐乾淨，讓身心靈都到達最平衡的狀態。但是在遇到嚴重傷害後的佳佳在「意識」中，似乎接收到的只剩下負能量而已，她怨老天對她不公平，她恨加害人可惡，她的生命蒙上極為深刻的恐懼。

仇恨和怨懟在佳佳心中盤根錯節，越盤越深，她陷入深深的憂鬱。痛徹心扉的悲歌，在腦海中盤旋不去，而越是沉浸在怨恨中，情緒就會無止境擴大，更加無法面對現實的惡劣，一切像是在控訴這世界的卑劣無情。

那種和死亡極度接近的恐懼感、血淋淋的創傷，很難用言語形容。佳佳總是非常恐懼夜晚到來，因為一到夜晚，便會讓她更瞭解黑暗中的自己是有多麼徬徨與脆弱，有時睡夢中還會被自己的吼叫聲給嚇醒。這樣面對突如其來的殘酷暴力，無力解決的生命難題，要如何擺脫身心無盡的痛楚，所有的事都深深困擾著她。

她常看著鏡子嘆氣，「每天要面對一張和過往截然不同被毀掉的臉，沒有比這更讓人感到沮喪的事了。」以前的她非常注意外表的裝扮，而現在，她每看一次鏡子就覺得自己的心又被刀割了一次。每每想起這些，她的心情就格外低落，覺得好不甘心，覺得好痛恨。但是她又無法不面對自己，無法不看見破碎的臉和破碎的心，她多想把一切不好的事都埋葬掉。她知道自己無論如何絕對不會原諒對方對她造成的傷害。即便以前交往時加害人也曾對她百般呵護，疼愛有加，但是正是因為這樣才讓她從未防備而遭到殘酷的傷害。

在重建的過程讓佳佳常疼到無法入睡，加上恢復的程度緩慢，意志十分消沉，她說：「我試圖不要想起那些恐怖折磨。但是腦中還是焦慮不安，而且自己越在意就更焦慮，感覺像是要被恐懼的浪淹沒，既挫折又無力，還好這一路有犯罪被害人保護協會的關懷與協助，讓我知道自己不是一個人面對，然後慢慢地轉移焦慮。」

因為重整復健是一條很漫長的路程，痛苦、掙扎，所有的眼淚都要往裡吞。她知道只會越來越好，但是她依然活在哀傷的陰影中，經常感到畏懼，覺得人生毫無希望，黑暗和孤獨將她包圍、吞噬，很多時候她只想把自己藏起來，負面情緒總是如排山倒海而來。

佳佳說：「我記得那時，只要情緒一低落，就想撥電話至協會表達我的不滿、痛苦和沮喪，我當時的心情一直在谷底徘徊，總覺得沒有人能夠瞭解我。極度需要找人吐苦水，每一次，協會祕書都會耐心地聽我把牢騷發完、把苦悶全部吐完，而她大半時間都只是安靜的聆聽，聽完後，講一些關懷鼓勵的話來安撫我的情緒。每一次跟協會的人談過，我的心情就能稍稍平靜下來，協會祕書那些溫暖人心的話語也一點一滴深植我的心底。」

協會當時也察覺到佳佳受創過大導致情緒起伏不定，於是緊急協助安排專業心理師對她進行心理輔導，透過支持及傾聽的方式陪伴被害人，讓佳佳於五官重建的過程中慢慢放下怨恨情緒，重新明瞭自己的人生要建立新的目標，而不是執著於臉蛋外貌和之前情感的糾葛，避免再陷入負面情緒的泥沼中。畢竟被害人不可能迴避整個社會，自己沒先站起來以後就沒有未來。

佳佳在經過多次的心理輔導後，情緒漸漸穩定，心境也經過調適，終於跨越了心中的那條冰河，後來甚至透過修復式司法與加害人達成對話。

她說：「案件發生至今這麼多年過去了，我持續重建我的五官，而他（加害人）則在監獄服刑，解開我心中的怨恨糾結，我已經選擇原諒他，也希望能盡一份力量為他爭取到假釋，讓他可以早一點回家和他的家人團聚。」

佳佳於民國一〇四年首度和加害人進行修復式司法的對談，達成了初步和解。加害人入獄後，她一次次痛苦的重建過程中仍對整件事情充滿怨恨還不能釋懷，不過到了第二年，她又申請了第二次修復會談。在對談中，兩人才發現所有的問題都出在加害人對她有極深的誤解，才會一時衝動犯下滔天罪行，走上絕路。

藏在兩人心頭已久的疑惑終於得以解開，換個方法說：修復式司法給了加害人和被害人一個解開誤會的機會，讓兩方都能真的放下了。人的生命只有一次，而佳佳的生命曾經險遭毀滅，要走到原諒對方的決定何其困難，然而就在面對面會談的那一刻，她選擇放下，願意原諒，心中更如釋重負，感覺一樁放在心中久久無法釋懷的心事終於得到解脫。她希望這會是一個好的結局，讓這樁悲劇有個美好的收尾。

佳佳在歷經近三年的重建之路後，在民國一〇六年犯罪被害人保護協會舉辦的餐會上，願意主動上臺分享她的心路歷程。她希望可以藉由己身的遭遇和經歷，去鼓勵一些罄生人走出陰霾，她說：「重建過程中，我的身心受盡各種痛苦衝擊，每每面對自己的傷痕總是心痛到很想去死，什麼事也做不了，還好在這些過程中，有犯罪被害人保護協會一路相挺相伴。」

她終於明白了有一種愛叫做「陪伴」，因為協會的陪伴讓她心靈上有了支撐下去的力量，帶給她希望，讓她能勇敢走下去……

佳佳漫長痛苦的重建之路實屬不易，無論是外在的顏貌重建，或是內在心理的療癒，除了外界的協助，最重要的還是她內心的堅強韌性和其旺盛的生命力，才能造就今日的她。當一個人經歷過那種難以言傳的悲慘遭遇與難以復元的傷害後，卻仍頑強地存活在世間，就是因為她明白，想過得好，就得靠自己才行，有勇氣接受現實的考驗就是要克服難關的第一步。

「面對這一段被『重整』的人生，當你能照顧好自己，感到滿足，就能得到快樂；當你肯接納真實的自己，認同現在的自己，就能有勇氣往前走。」

佳佳認同了重生而來的生命可貴，也接納了現實不完美的自己，不再嘆氣和怨恨。她知道若不跨出這一步，就沒辦法再度融入這個社會，而在踏出第一步後，接著就有第二步和第三步……，一直到現在她已經不再害怕別人投射過來異樣的眼光。她走出受限的框框，努力活在現實中，心也變得自由。她放下不愉快的回憶，努力往前看。她說人生走到這裡，所有的憤怒、不甘、痛苦、傷心，經過一番自我整理，終於能放下了。

這個故事聽起來讓人感傷，但也給人激勵人心的感動，佳佳願意勇敢的站出來，分享她重建的心路歷程，多麼值得喝采。她說自己不再像過去那麼孤單無依，全是因為協會給了她勇氣，而能上臺分享一路走來的心境和改變，也是一種最好的自我療癒方式。她希望可以藉由自己的遭遇鼓舞更多的人，幫助更多的人，勇敢的面對困境，走出傷痛，迎接新的人生挑戰。

看透了這個世界有多糟之後，佳佳卻仍然相信世界是美好的。遭遇無常之後，她對生活還是充滿著愛；經歷過身心受創之後，她依然認為明天還是有希望。現在的她已經不因上天的惡作劇而自怨自艾，心裡也安定了下來。

她雖然無法讓時間回到過去，返回原點，但是未來還有很多事是值得期待的。她已經放下所有的仇恨、不愉快，從容不迫地朝著陽光走去，她說只要把心打開，用不同的角度去看這個世界，希望永遠都在。

10.

在黑夜之後

記得有一次小女兒跑來房間問她：

「媽媽，你以後會活很久嗎？」

這句話突然觸動了姿瑩內心脆弱的神經。

她望著小女兒稚嫩的臉龐，忍住了不讓眼淚流下來，

但在那一瞬間，她意識到：

「我現在是家裡的支柱！是時候振作起來了，不能再逃避先生的死。」

她決定站起來，因爲孩子未來的路還很長，而自己的何嘗不是呢。

一個可怕的命運如同閃電般驟然降臨蔡家，酒駕車禍奪走了姿瑩先生的生命。這突如其來的意外，讓一家人的生活陷入絕望與心碎。

剛從國中老師退休準備創業開設補習班的蔡佳宏，只不過出門買個飲料，竟然就在自家的巷口，遭到酒駕貨車司機的撞擊而往生。令人悲痛的事情發生後，姿瑩完全不知所措，原本踏踏實實工作的老公為何會在正要展開人生新的計畫之際發生這樣的悲劇？他又沒有做過什麼錯事為何要受這種罪？她和先生美麗的偶然，短暫的交錯，只能走到這裡嗎？

家裡還有八十五歲失智老母，她從不知道兒子已經發生意外不會再回來了，三名還在就學的孩子，總是強忍著悲傷不願表現出來，這樣讓姿瑩看了更是心生不捨。

面對先生因意外死亡，是很難承受的衝擊，姿瑩遲遲無法整理好心情，整個人魂不附體，無心工作，把自己和外面的世界隔離，日子過得恍恍惚惚，記憶也常是斷斷續續，生活變得很不真實，小孩子們因為懂事隱藏住悲傷的情緒。而姿瑩因為害怕小孩看到她傷心，所以只敢躲在廁所裡哭泣。

上班途中，姿瑩常常一上車就掉淚，下班回家上車還是哭，該有的悲傷反應她全都有，因為她從來都沒有心理準備先生會這麼早離她遠去，她深陷傷痛無法自拔。有一次開車途中她又哭了，她當時在心中呼喚著先生的名字：「你現在到底在哪裡呀？」這時收音機中就剛好傳來王菲唱的「傳奇」，「只是因為在人群中，多看了你一眼，再也沒能忘掉你容顏。夢想著偶然能有一天再相見，從此我開始孤單思念。想你時，你在天邊；想你時，你在眼前；想你時，你在腦海……」歌詞完完全全唱入姿瑩的心扉，讓她當場淚崩。

每天天亮，陽光透進窗簾，姿瑩都覺得刺眼，她想要一直沉睡下去，因為做夢能靠先生比較近。她偶爾能在夢中見到先生，她好希望時間回到從前，回到那個充滿笑聲喧嘩的家，先生從學校回來，孩子們下課回家，一家人一起吃晚餐聊天的畫面，總是時刻出現在腦海。已經發生的事，她知道怎樣都無法挽回，但她就是沒辦法面對，走不出來。她總出神的想著：先生到底在另一個世界過得如何？是不是在不同的空間也掛念著她和小孩？

婆婆在先生走後一年也跟著過世了，接連著長子與長女陸續離家北上就學，一個原本每天話語、歡笑聲不斷的家庭，獨剩下姿瑩與讀小學的小女兒。姿瑩說：「我們兩個人守著空盪盪的家，很害怕回家面對冷清。」所以她們經常晚上在外面閒逛到很累才敢回家，沒有了先生，姿瑩覺得自己的心和空蕩蕩的屋子一樣落寞。

姿瑩的先生是她的老師，兩人的年齡相差了十六歲，先生一直以來都對她呵護備至，家裡大小事都是先生一手包辦，姿瑩就像是童話故事中的公主，即使有了三個小孩，為人母為人媳，但蔡老師對姿瑩的寵愛始終如一。

她被悲傷包圍，然而接踵而來的難題不只在於先生不在身邊，而是向來都是先生主導家中大小事，根本無人能取代。以前先生為全家人遮風蔽雨，是整個家的支柱，現在姿瑩要重新開始，孩子也只有她可以依靠，這時的她，真的沒有自信能不能勝任這樣的重擔。

記得有一次小女兒跑來房間問她：「媽媽，你以後會活很久嗎？」這句話突然觸動了姿瑩內心脆弱的神經，她望著小女兒稚嫩的臉龐，忍住了不讓眼淚流下來，但也就是在那一瞬間，她意識到：「我現在是家裡的支柱！是時候振作起來了，不能再逃避先生的死。」她決定站起來，因為孩子未來的路還很長很遠，而自己的何嘗不是呢，她終於瞭解到當時身處的現實。

從先生死後直到現在，房間內所有的東西，都原封不動，先生的衣服、內衣褲，一樣一樣整齊地擺放在抽屜裡，所有的照片、紀念品、兩人往返的書信、先生的講義、考卷、日記、書籍等，也都還留在原來的位置。這些東西留給姿瑩許多回憶，她已經習慣這房間所有的一切，看著先生遺留的物品讓她不會感到太孤單。「對於先生的思念，一看到先生的衣物就一定會跑出來。那是一種習慣，一種日常，我從來沒有想過要去做任何改變。」姿瑩說對先生的記憶變成一種習慣，這些東西她想保留給自己，即使房間只剩她一人，即使雙人床太大，但是留著先生在時的那種熟悉感，就能溫暖她的心靈。

有一陣子姿瑩瘋狂寄情於練琴，因為那臺鋼琴是先生以前買給小姑的，她覺得有一種紀念價值，每一次彈琴，她都會因為過於思念而淚流滿面。她會反覆地彈著與先生共同喜歡的歌曲，而傷感總是隨著旋律合著她的眼淚流瀉出來。有一次，隔壁鄰居的小孩跟她說：「阿姨，你的琴聲為什麼聽起來總是那麼悲傷。」姿瑩當時覺得這些琴聲或許先生能聽得到。

先生出事後，犯罪被害人保護協會的人員多次到家中關懷姿瑩一家人。除了案件偵查程序進度的協助瞭解、法律諮詢，還不厭其煩地陪同她開庭，她打內心感謝。姿瑩心中明白，協會的人很希望他們一家人能快點擺脫悲傷與不安，再度擁抱希望，然後全家人一起站起來。

協會人員看出姿瑩一家人身心受創的異狀，姿瑩不願面對先生死亡、兒子身心崩潰面臨學業中輟、女兒被哀傷打擊而有受創反應……。所以協會人員認為家中成員分別一對一的心理輔導對他們最適合，之前多次跟姿瑩提到協會有提供心理輔導的課程，但姿瑩都表示還沒準備好，經過長久的溝通並取得同意，協會便開始安排心理師和姿瑩進行一對一的心理輔導。

因為明瞭這一家人在短時間內都還沒走出來，協會的人員除了常到姿瑩家中探訪，安靜地陪伴，有時帶著心靈方面的書籍過去分享，定期邀約她出席協會辦的活動。不過當時受創過深的姿瑩，深怕跟協會一接觸，心中的傷疤就要再被揭開一次，所以參與協會的活動總是行色匆匆，不敢久留。但是經過一次又一次的接觸後，漸漸有所改變。

而姿瑩經過與心理師深談後，也深刻體會到身為母親的自己一定要先從悲傷復元，才有辦法帶著孩子們一起走出來。她藉著一次次的心理諮商釋放悲傷，揮別陰霾，找到情緒的另一個出口。對於兒女們將悲傷藏在心中，情緒沒有發洩舒緩的管道，這一點姿瑩也因為擔心，所以一併安排小孩參與個人的心理輔導。還好在心理師的努力下，他們一家人的身心狀況經過一段時間都慢慢地復元。

「很幸運的是我遇到了犯罪被害人保護協會，協會對我們的幫助很大，透過他們的傾聽與陪伴，幫助我們一家人有勇氣走出來。」姿瑩說如果沒有協會，一家人不知還要經過多少漫長的時間，才能站穩腳步。

這一路走來，姿瑩很感謝協會的全心付出與協助，也衷心感謝他們一家人共同的心理師，每當她遇到問題或疑問時，心理師總是會不厭其煩地告訴她該找什麼方法面對或者解決。

有一次，她問心理師：「每一次跟你聊，我都一直在哭一直在哭，這樣我真的還能走得出來嗎？」心理師則回答：「不會呀，你看，你一開始是五分鐘的時間沒哭，後來變十分鐘沒哭、再來是二十分鐘沒哭，你每一次都有小小進步，再下來可能你講話的時間就會超過哭的時間了。」

姿瑩後來發現心中的傷痛，只要不逃避面對，傷疤會慢慢自然痊癒。「我還記得開始時，協會的人員拿了好多書給我看，像是《我永遠愛你》、《道別之後》、《這人生》、《愛自己的七堂必修課》等，並透過關懷與陪伴，讓孩子們跟我一起走出傷痛。」協會的工作人員們給予這些無條件的愛與付出，對姿瑩一家人來說何其珍貴。

後來在協會長期的心理輔導後，姿瑩又剛好看到《一切都是上天最好的安排》這本書，心裡才漸漸釋懷。有時看到書中的某些段落，心中會很有感，她都會一一記下那些話，為自己加油打氣。就如同書中所說過的，我們要學會尊重生命的生與死，要學會接受發生在你身上的一切，所有的一切都是上天最好的安排。書中的道理進入她受傷的心靈，啟示了她，用正向去解讀人生無常，讓她理解、認同與真正放下。

另外有兩本書《通行靈界的科學家》與《當我們死後靈魂去哪兒?》，也對姿瑩啟發很大，「雖然這兩本是探討生死與靈界的書籍，但是可以讓人從另外一種角度看待死亡。死亡不是終結，而是另一個世界的開端。當我們知道失去的人可以在另一個國度過得很好，便能夠真正放下並且釋懷。」

姿瑩記得當初到戶政事務所為先生辦理死亡登記與除戶時，當櫃臺辦事員在先生的名字畫上斜槓時，她的眼淚不聽使喚地稀哩嘩啦掉下來。這時，辦事員抬起頭跟她說：「你不要再哭了，你先生在旁邊看著你呢。」雖然她並無真實感應，但當時很多的巧合都讓她覺得冥冥之中，先生還待在身邊守護著她。先生過世後三年，姿瑩還能在夢中見到先生，但是三年之後就夢不到先生了。她想著或許先生已經看到她和孩子整理好情緒，而且也慢慢走出來，所以可以放心的到另一個世界去了。

經歷了這樣人生重大打擊後，姿瑩說遺忘傷痛看似簡單，但是事實絕非如此，是需要時間慢慢修復，那就好像是一種緩慢和自我內心對話的療癒過程……

就這樣和犯罪被害人保護協會的人往返互動四年後，在某次活動時，姿瑩表示，她願意站出來分享自己一路走來的心路歷程、她和小孩走出傷痛的療癒過程，還有他們是如何彼此被療癒後再度結合創造家庭親子關係、他們一家人如何藉由心靈的修復得到更多的生命能量，這一切的改變她願意分享給需要的人。

姿瑩說自己當初想要改變的理由很簡單，「因為我知道不能一輩子活在傷痛中，我不能一直低頭在哭。」所以她選擇釋懷，「我必須為自己和小孩找到更好的出路，重新開始新的生活。」所以她選擇改變，雖然一路上她也曾跌跌撞撞，但現在這一切得來不易，她很珍惜。

她建議要走出傷痛不用太急，一步一步慢慢來，她也是花好多年才真正克服傷痛，重拾對生活的信心。

生命中本來就有很多讓人傷心的事要面對，重點是你要用什麼方法走出來，每個人選擇的方法可能不一樣，姿瑩用思念先生來緩解哀傷的情緒，透過一些心理療癒或探討靈界未知世界的書籍來讓自己能夠對先生的離去感到釋懷。而她發現兒子在先生去世後，每次與家人出外用餐，總會默默點著先生生前最愛吃的那幾樣食物，對兒子來說或許就是用食物連結，透過熟悉的滋味來喚醒與父親的美好記憶，並且釋放心中情緒。

姿瑩對先生的思念，一直都在，就算時光流逝也無法忘懷。她說，人的命運或許無法改變，但是她可以選擇好好走下去。

多年後，有一次她和孩子們開車出外用餐，孩子們在車上七嘴八舌笑談著先生以前開車的模樣，還學著先生當時講話的語氣，在更早之前，大家總會刻意避開的話題，然而現在孩子終於可以自在開口談論爸爸的過往，懷念中那個情景再現，姿瑩不禁在內心笑了起來，因為她知道全家人又往前踏出了一步。

11.

放下，才能重新開始

英美沒有力氣讓自己一直沉浸在悲哀中，
她在很短的時間內就強打起精神擺脫睹物思情的痛楚，
悶著頭開始以往如常的擺攤生活。
她沒有聲嘶力竭的哭嚎，
沒有大聲抱怨不甘，
因爲她明白做任何事都改變不了已成事實的結果。

十三年前，英美老公出了車禍，警察說要載英美去醫院，一向獨立慣的她還很鎮定的說自己要開車去，因為這樣才不會麻煩警察，也可以自己開車回來。

但是，當她趕到醫院看到老公正在電擊急救時，簡直無法相信眼前的這一幕，心裡不斷地哭喊著，求老天爺別跟她開這種玩笑。她看著老公慘白的臉，六神無主，冷汗直冒，全身虛脫撐不住倒坐了下來，除了掉眼淚不知道要做什麼好。當醫生宣布急救無效後，英美呆呆地望著眼前的老公，心中百般不捨，一個每天二十四小時都幾乎在一起的人就這樣無聲無息地走了，連最後一句話都沒留下，她捫心自問：「到底為什麼這麼殘忍？為什麼老天要這樣對我……」

辦完後事，英美瘦了八公斤，她擦乾眼淚對兒子說：「媽媽第一天不會倒，以後就不會倒。」果真，十三年了，英美跟兩個兒子歷經命運無常走出痛失先生的傷痛，到現在，母子三人過著自信又幸福的生活。

英美並不像傳統女性般把老公當作天，但是兩人朝夕相處，始終是彼此的親密依靠。但是直到老公真的不在身旁了，她才意識到失去了就真的失去了。她在梳妝臺鏡子上用口紅寫下「放下」兩字。毫無疑問，她是受傷的，但是不選擇放下又能如何呢，孩子要養，日子還要過，她現在是一家之主，絕對不能倒下去。

她沒有力氣讓自己一直沉浸在悲哀中，她在很短的時間內就強打起精神，擺脫睹物思情的痛楚，悶著頭馬上開始以往如常的生活。她沒有聲嘶力竭的哭嚎，沒有大聲抱怨不甘，因為她明白做任何事都改變不了已成事實的結果。在面對生死劫難，英美不像一般女人那般柔弱，她從裡到外都顯得剛強，雖然在心靈深處的某一角，送走先生那瞬間的淒涼，永遠都在，沒說出口的傷心，她也壓在心裡，她說在那個節骨眼上她得堅強。

回想過往，結婚前老公追英美可是整整寫了四年的情書，光信紙疊起來，就要比一本辭海還厚。婚後老公在工廠上班，英美則到市場租攤位做小生意。後來生意逐漸穩定，老公辭掉工作便跟她一起擺攤。幾年打拚，也買了房子，有一個可以遮風蔽雨的家。但是「執子之手，與子偕老」，已經成為不可能實現的美麗誓言。

英美記得很清楚，就在老公走了之後，第一天要擺攤時，車子開到市場準備下貨，她硬生生看著滿車的貨，不知該從何下手，這時她蹲了下去，不知怎地就無助的哭了起來，因為她根本不知道怎麼把貨給搬下車。以前，她只管開車，卸貨是老公的責任，這是第一次她需要一個人去面對，老公在卸貨那個熟悉不過的日常畫面，讓過往的生活記憶輪番重現，喪夫後一直強忍的傷痛，漫天鋪地而來，瞬間引爆，讓她當場淚崩。

一直到做「對年」，家中的靈堂拆了，照片收起來，英美才真正意識到老公真的不在了。因為一年以來，她每天回家還是會跟老公講講話，所以心裡並不覺得他已經離開。

無助與悲傷並沒有困擾英美很久，因為她還有房貸，還有兩個小孩，她堅定地告訴自己：「不能被影響，因為世界不會因為悲傷而停止運轉，悲傷只會拖垮她。」老公驟逝不可能不會影響心境，即使是這樣，但她也一定要忍住，這是她當時的想法。能走多久就先走多久，絕對不能原地打轉，人生更不能這樣中斷，就算心裡空了一塊也無所謂。儘管世界如何改變，也不能受到影響，面對困境的最好抵抗就是跟以往一樣的生活，日子得過下去。

英美自己跟自己商量：我要給自己一點時間好好打拚、我要給孩子比以前更好的生活、我要往前看不往後看，所以她沒有花多少時間就恢復元本忙碌擺攤的生活。一切不過是人生的中途站，她得打起精神才行，人總要為未來打算，因為現實很艱困，所以她的頭腦更要清醒，她要擺脫悲痛的羈絆，面對、克服它，重點是要如何求生計。

瞬間的轉念，她找到生活的目標，這回要努力的方向，生命的貴人、資源都紛紛來到，讓她覺得不再那麼孤單。

這期間，犯罪被害人保護協會一路陪伴最讓她暖心，不但在法律程序上給予全程協助，也邀請她參加心理輔導團體、彩妝班等，讓她瞭解也接觸到其他跟她有一樣處境的人，大家一起加油打氣，讓她更堅定要快點走出陰霾。而工作上她也遇到貴人，有陳大哥夫婦全力無私地在事業上扶持與提攜，讓她經濟能夠逐漸穩定下來。

「其實我不是不想念先生，更不是無情，而是要捨得放手，得把回憶封存起來，這樣才能集中精神討生活。」英美把以前先生寫給她的信件、照片通通鎖起來，從不曾再看過，她深怕那一張張照片會喚起想念的思緒，把內心深處記憶中，那段刻骨銘心的傷痕烙印給翻起。但是她交代兒子，等到她走了之後，要跟她放在一起燒了。

英美說自己沒有時間去管這個世界對她公不公平，因為現實是殘酷的。大家看到她故作堅強，是因為不這樣人很快就會變軟弱，她絕非天生堅強，而是明白一個人只有站在懸崖邊才能真正強硬起來。日子不會因為傷心難過就轉變，現實的生活就是如此，一旦屈服於軟弱、就很難再站起來，所以她逼自己無時無刻都一定要變強，讓自己沒有時間與機會放棄好好生活。

但是她在夢中也哭泣、生氣不知多少回，但絕對不讓人看到自己脆弱的那一面。她總是自我抑制住不去回想前塵往事，沒有在當下選擇軟弱，她不知道那樣對不對，但是至少堅強幫她度過難關，抽離悲觀情緒，讓她能喘口氣往前走。

英美說：「我的心情當時也很複雜，但是我的小孩那時還小，我是一定要站起來守護他們，不然就會像骨牌效應一樣，一個接著一個的倒下，家也會真的倒下去，至少堅強可以暫時忘記傷痛，人要往前走，不要再回首，更不應該用悲傷來綁架整個家。」

老公過世時，英美才三十九歲，但是她卻從來沒有想過為自己填補感情上的空缺，因為她說自己怕遇到不對的人，對兒子不好，更怕關係複雜，會衍生難解的問題，所以打從一開始就徹底斷了這個念頭。她覺得人生要掌握在自己手中，她自信地說：「我一個人也可以過得很好。」她要自己為孩子負全責。

時間悄然過去，如今她把兩個兒子都拉拔大了，已經大學畢業，老大還念到博士班，小的跟著她在市場做生意，兩個兒子都很黏媽媽。英美對兒子們的貼心，露出滿足的微笑。他們三個人常一起逛街、吃飯、旅遊等等，經常都是甜蜜的三人行，雖然少了先生在身邊，但是一家人緊密的感情，讓英美更加珍惜三個人在一起的快樂時光。

英美認為人生本來就是有高有低，所以面對波動起伏，不必太在意。終究每個人都得獨自面對自己的困境，然後勇敢迎向未來。現在她的生活很充實，除了市場攤位外，也有其他的事業在進行。歷經四年的研究，他們開發出獨特的黑糖薑片，事業做得有聲有色，看到現在的自己，一抹自信從容的微笑便止不住掛在臉上。

而這也正昭示著，英美離自己的夢想又接近了一小步，她夢想的種子正要開出美麗繽紛的花朵。

12.

裂縫中透出的希望之光

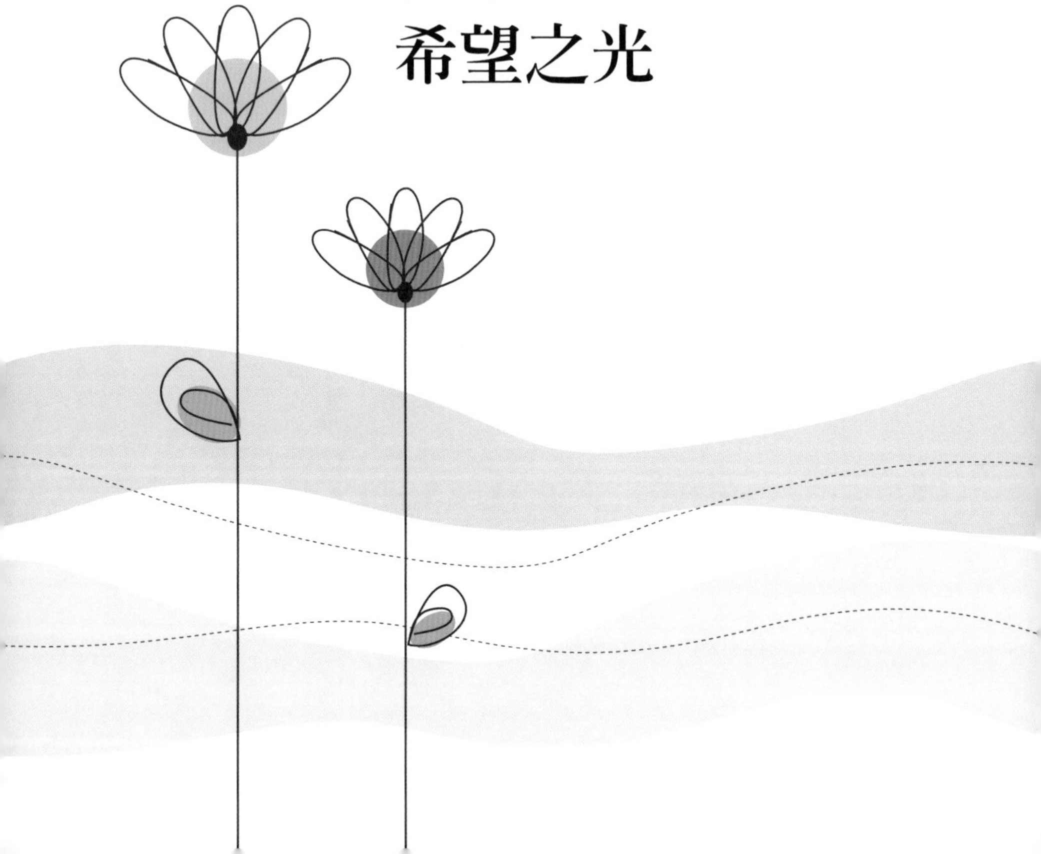

面對親人死亡的衝擊，讓其邦對命運有了更深的領悟，
世界不會爲任何人停止轉動，既然無法改變命運，
那至少要選擇以什麼樣的方法活著。
命運無法躲開，就好好勇敢面對，
這樣才能看清自己害怕的是什麼，
無法放下的又是什麼，只有這樣，
才能重新找到生命的出口，並坦然面對傷心過往。

十四年前在一個昏暗的夜晚，其邦的太太騎著機車出外購物，卻在途中發生了一場車禍，遭大貨車輾斃，在來不及見最後一面的情況下，太太便悄然離去。

走在有如迷霧般的街上，其邦感到愕然不已，全身發冷顫抖，早已分不清楚自己當時發出的是怒吼聲還是哭聲，不過是那樣一眨眼的時間而已，就已天人永隔。

其邦從未想過自己會遭遇到這樣的人生無常，痛失摯愛後，接下來的生活只能用一團亂來形容，就此意志消沉。對於肇事者，他充滿了憤怒，為何開車要如此魯莽大意。

對於枕邊人一夕間消失，有很長一段時間他都無法面對和接受，寧願選擇逃避，心中常常泛起莫名的傷痛，弄得自己遍體鱗傷。每次回想太太溫柔甜美的笑容就格外感傷，看著太太的照片，經常淚流滿面。看到什麼都會想起太太，好不痛苦，但是懷念像是一道道更深的傷口反覆包圍著他，同時也在他的心緒中不停狂亂盤旋。

身邊的一切瞬間崩潰，該怎麼活下去？其邦的情緒起伏不定，時而傷悲時而不安時而恐懼，像是一顆隨時要被引爆的炸彈，像是一個打了敗仗的傷兵，但是他還是得硬打起精神應付生活無情的戰場。他的生活在矛盾與衝突中搖擺，經常陷入沉思，到底該怎麼做才好？他多麼期盼有奇蹟般的救贖出現，老天從他身上奪走的東西太多了，最後這僅有的家，絕對不能再失去。

然而，面對接踵而來的生活困境更讓他束手無策，像一片看不到盡頭的荒原。

「因為當時我的三個孩子，最大的才小學六年級，最小的也不過是小學三年級，太太突然這樣逝世，對我及整個家庭都是莫大的打擊。往後自己要如何父兼母職？靠自己一個人能夠支撐整個家庭嗎？生活上有那麼多瑣碎的事情，時間根本不夠，還有那些訴訟案件讓人煩到不行，這一切一切都讓我好想放棄。」其邦回想起那時的自己，只能用慌亂不安和心疲力竭來形容。

有時拖著疲累的身體蹣跚回家後，在夜闌人靜等小孩都入睡之後，他才有那麼一點力氣慢慢走入記憶的長廊，想著太太在的時候一家人出遊的歡笑畫面，想著以前的美好片段，回想往事是當時能做的唯一休息。他藉由斷斷續續的追憶來撫慰受傷的心靈。以前那個幸福家庭的畫面留在腦海中，而今只剩下孤單寂寞如影隨形，道不盡的思念深埋在心裡。

「當時我的小兒子還太小，根本無法理解媽媽過世代表的意義，他經常在放學以後還跑去太太工作的場所哭著找媽媽，那時太太以前的同事們看到都感到非常不忍，但又不知要如何對這麼小的小朋友解釋。」要讓孩子知道媽媽的話語再也無法傳送到他的耳裡是很慘忍的事實。

他每天步履沉重的回家，又要工作，還得照顧三個小孩，片刻都不得閒。大家雖然都在為他的遭遇悲嘆，但是似乎誰也都幫不上忙。太太驟逝、孩子需要照顧、案件等著出庭，一連串的打擊，讓人不敢想往後的路該如何走下去，他覺得天地雖大，竟無他容身之處。

「我還記得當時小兒子很愛唱『魯冰花』這首歌，但是自從太太去世以後，每每聽到歌詞中『……夜夜想起媽媽的話，……閃閃的淚光魯冰花』，我的情緒就會瞬間潰堤，所以我後來不准孩子再唱這首歌。」之後其邦覺得身為一個父親，他應該要做的應該是好好安慰小孩脆弱的心靈，而不是用斥責的方法不讓他唱。小孩的心靈比大人更為敏感，自己都那麼痛了，更何況是不懂世事的小孩，他在心中暗想著放過自己和孩子吧，何必苦苦折磨自己，要為小孩的未來著想，他們失去母親已經夠痛苦了。

然而就在眼前一片黑暗之中，他的生命萌生了一道曙光。

那就是犯罪被害人保護協會的出現，如果沒有他們，其邦說自己可能只會一直陷在自怨自艾之中，他連外面的世界都不想去碰觸了，根本無法想像藏在內心的傷痛到底要多久才能自癒，自己還要和寂靜的黑夜對抗多久。

但是，因著犯罪被害人保護協會的幫助，其邦終於有勇氣面對一切。「協會適時的出現讓我好感謝，不論是那些繁瑣的法律諮詢協助，或者有關小孩子的獎助學金補助申請，還有心理輔導等等，都是我最急迫且求助無門的問題。協會在適當的時間提供了我所有的協助，讓我的心可以安定下來。」

很多事他開始化被動為主動，因為他知道日子不會再更糟了，只會更好。他不斷提醒自己不能一直留在原地裹足不前，自我放棄，因為如果繼續消沉，終有一天，連家也會賠進去。

「除了定期的探視之外，協會常舉辦活動，並且鼓勵我們這些馨生人家屬們走到戶外，讓我們不再躲在陰暗的角落，自怨自艾。」看著孩子臉上又恢復了往日的光采與笑容，其邦也終於恢復了以往對生活的熱情。

「這就好像替我們家點燃了一盞溫暖明燈，讓我們有勇氣能繼續走下去，好久沒有這種感覺了，我要的家的感覺又開始慢慢回來了。」協會無條件不求回報的溫暖守望，保護你，擔心你，提醒你，讓裂縫中的希望之光慢慢地穿透出來，讓你覺得有所依歸，讓他能抱持期待，然後慢慢的把受傷的靈魂重新擁抱回來。

「其實罄生人家屬背後都有段傷心故事，特別是探觸到生命最困惑的部分，面對親人死亡的衝擊讓我對命運有了更深的領悟，世界不會為任何人而停止轉動，既然無法改變命運，那至少要選擇自己以後要以什麼樣的方法活著。命運既然無法躲開，就好好勇敢面對，這樣才能看清自己害怕的是什麼，無法放下的又是什麼，也只有這樣才能重新找到生命的出口，可以釋懷並且面對傷心過往。」其邦因為自己走過，所以瞭解受創者心中囚禁的傷痛需要時間好好回顧、整理、療癒，然後繼續前行。

「如今我的大兒子已在國軍醫院服務，女兒及小兒子也在念研究所。時間過得很快，我曾經傷痛到對人生不存一絲希望，是協會幫我的家庭治療了這個傷口，我真的很感恩，感謝一路有你們。」其邦用感性的口吻說著。

現在的他因為認同協會的助人理念也加入了志工的行列，有了親身的體認，讓他覺得更應該要站出來，為被害人家屬盡一份心力。他也期望能讓愛的循環生生不息，推己及人，助人為快樂之本。去關心別人及無私的付出，這些都能讓他感到日子過得充實，覺得自己的生命變得更有價值。

13.

勇敢活出閃亮光芒

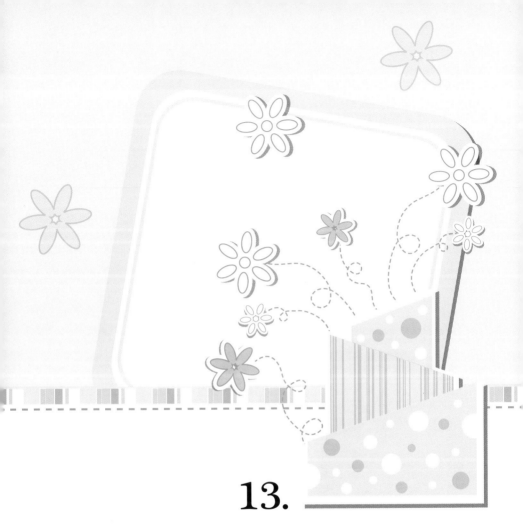

「人生就是這樣，哭也是過，笑也是過，那就不如笑吧。」

嬌花阿嬤哈哈哈地調侃自己，說自己經歷過這些慘事，
膽子練大了，沒有什麼可怕的，
她說自己的人生像一張清不完的帳務表，
不過沒關係，就一條一條慢慢來償還吧，總有一天可以還完。

這是一個苦中帶酸，酸中帶苦，居住臺東的嬌花阿嬤，帶著孫子面對多舛的命運，走出傷痛，為生活努力的故事。

阿嬤的兒子潘金峰在民國九十六年二月十二日修補路面坑洞時，被一個沒注意到車前狀況的駕車者迎面撞擊，經過送醫急救後仍傷重不治，留下年幼子女。嬌花阿嬤非常傷心，白髮人送黑髮人的悲痛揮之不去。

瞬間痛失兒子又要照顧年幼孫子女，嬌花阿嬤認為自己有責任將孫子女好好教育長大，但又深怕自己沒有那個能力，所以相當煩惱。原本個性開朗樂觀的阿嬤，心情變得很沮喪，每天都愁眉苦臉。對於兒子車禍求償理賠或保險賠償等，兩位老人家根本不懂，遇到困難也不知道要問誰，直到犯罪被害人保護協會的工作人員與志工不斷的用電話聯繫她並且多次到家採訪下，阿嬤和阿公才願意好好去瞭解所有相關的法律訴訟流程與求償理賠的事，也因為這樣才得以順利的於一年內就獲得肇事方的和解賠償金。

「但是這些錢本來應該是要用在照顧孩子的生活上才對呀！」嬌花阿嬤有天愁眉苦臉地來到協會訴苦。因為強制險的理賠金才下來沒有多久就已經被孫子的生母給花光殆盡。

她覺得孫子女的生母只顧自己都不管小孩實在太不應該，基於生母對孩子照顧不周的這個事實，讓阿嬤不想再把孫子女交給生母看顧，阿嬤認為孫子女們跟著她，至少她還能看顧得到，生活雖然辛苦，但是她一定會努力給他們好的教育和生活，不過麻煩的是，兩名孫子女因為一些家庭因素，當初只有一名孫女有入兒子的戶籍，所以讓監護權歸屬的事情變得相當複雜。

嬌花阿嬤認為孫子女的生母對於孩子教養不聞不問的狀況，已不適任為母親，基於為孩子們的未來著想，阿嬤想要爭取孫子女的監護權，但是關於這方面隸屬於親權法律問題，流程與手續都十分繁瑣，一定得上法庭爭取。雖然阿嬤收養孫子女的監護心意已決，可是進行得並不順利，所以協會每次詢問其現在進度到哪兒了，嬌花阿嬤都搖搖頭說：「還沒有呢！事情沒那麼簡單。」一問之下原來是她遇到了一些法律關卡在法律程序上進退不得，所以沒有力氣甚至想要放棄，經過協會人員多次的訪視與在活動中鼓勵阿嬤不要因為一些程序而退縮，為了孫子的未來，一定要正視孫子監護權問題。

嬌花阿嬤那段時間因為這些問題煩惱的不得了，因為孫子的問題一天沒解決她就一天睡不安穩。為了能幫忙分擔阿嬤的煩憂，協會緊急協助聯絡法律扶助基金會來共同為她進行法律上的諮詢建議，以尋求解決之道。嬌花阿嬤看到這麼多人都願意幫忙她，終於有了積極改變的動力。

雖然法律監護問題，仍因孫子的生母不願意配合出庭，只能將孫子以收養的方式取得監護權。最後終於順利達成了嬌花阿嬤希望名正言順好好教養孫子的心願。

之後日子慢慢有些改善，嬌花阿嬤一家人過得不好不壞，阿嬤靠著疊茎葉打零工賺錢勉強維持家計，但是一家能緊靠在一起就是一種幸福，她已經心滿意足。不過嬌花阿嬤既要當阿嬤又要當媽媽，角色要隨時轉換，需要時間調適，還好阿公都沒有怨言的在旁協助。

但是，就在民國一〇二年十月，原本平靜的家又波濤四起，因為嬌花阿嬤的先生在無任何徵兆的情形下於家中上吊自殺，嬌花阿嬤目睹驚恐一幕，難以置信。以前夫妻偶爾鬥嘴鬧脾氣，但是一路走來感情算不錯，她責怪自己的命太硬，命太苦，也怪先生太傻，再怎樣能活著還是比死好呀，怎麼可以就這樣把一切全丟給她一個人。

嬌花阿嬤心痛之餘不知道該怎麼辦，整個家要靠她一個人撐，無奈又能如何。她無法理解先生自殺的原因，日日傷心到無以為繼。兒子走了，老伴也不告而別，命運之神一直捉弄她，她一個老太婆以後怎麼活？生活本來就很貧困了，她真的有能力好好教養孫子女們長大嗎？經濟的來源呢？嬌花阿嬤覺得一切有如惡靈詛咒！

經歷可怕的一切，原本好不容易才走入正常軌道的嬌花阿嬤生活步調一下子又全亂了分寸。她每天以淚洗臉，食不下咽，意志消沉，加上目睹先生自殺，讓嬌花阿嬤持續有恐懼不安的情形發生，每晚喝著悶酒配安眠藥才能入睡。協會在得知嬌花阿嬤的混亂情況後，馬上緊急聯繫臺東縣衛生局心理衛生中心，並和心理師一起討論如何進行自殺者遺屬追蹤的協助與心理輔導，也同時進入一連串的密集關懷輔導。除此之外，協會也啟動「老吾老居家陪伴」專案，由協會的臺東分會具原住民語專長的志工長期的關懷陪伴、傾聽與輔導下，嬌花阿嬤才又慢慢回復到原來樂天派個性，變得活潑開朗了起來。

「人生就是這樣，哭也是過，笑也是過，那就不如笑吧。」嬌花阿嬤哈哈地調侃自己，說自己經歷過這些慘事，膽子已經練得夠大了，沒有什麼可怕的，她說自己的人生好像一張清都清不完的帳務表，不過沒關係，就一條一條慢慢來償還吧，總有一天可以還完。

原本個性有點散漫的阿嬤後來傾全力動起來，對於孫子女們的事也愈來愈主動積極。例如，以前小孩子的獎助學金申請，都要協會三催四請才能把文件交齊，現在卻會提早詢問該如何申請並且早早就備好文件。而在自身權益部分，以往阿嬤往往消極應對，就是那種有也好沒有也罷的態度，但是現在則是積極去爭取，生活上真的有困難也會化被動為主動，來電說明困境或向認輔志工尋求協助。

嬌花阿嬤說她每天都在做不同的生命練習題，心臟要很強，她身經百戰之後變得積極又有行動力，她很感謝協會協助她在民國一〇四年順利通過低收入戶補助的申請，讓困窘的經濟可以得到一點資助。

現在的嬌花阿嬤整個人功力又大躍進了，面對困難的問題總會哈哈大笑樂觀看待，至於解決之道呢，她會先試著自己解決，經濟遇到困境，會先找工作做，真的不行再來尋求協會或其他社政單位的幫忙。

有一次協會的工作人員在活動中，無意間發現嬌花阿嬤成長中的孫子女們食量大得驚人，因為深怕阿嬤經濟負擔不來，便定期提供物資給阿嬤好紓解他們生活物資短缺的問題。

對於協會志工們總是每隔幾個星期就會來探訪關懷她，阿嬤滿心感動地說：「他們每次來都帶著一大堆米、油和一些食物與日常用品，最重要的是協會的人願意花時間跟我聊天啦，每次一聊都好久，他們很關心孩子們的成長，或是在學校的狀況，然後每一次離開前都會細心詢問我還有沒有任何需要幫忙的地方。從之前就一直一直麻煩他們，我是真的很謝謝啦。」

心境歷經很大轉變的嬌花阿嬤現在常出席協會舉辦的各種活動，並且主動鼓勵其他和她一樣遭遇的人勇敢接受現實的考驗。她總勸人要從另外一面去看待這個世界，過去的就讓它過去吧，但為了家人為了孩子們，未來一定要好好的活。

揮別悲傷，阿嬤找到新的生活方式，並以樂觀的態度活出生命的堅韌與光芒。她說人生問題的答案不會只有一個，要靠自己想透才能真的被解決，她很願意藉著分享照亮周遭需要幫忙的人。這一路以來靠著自己堅定的信念與犯罪被害人保護協會的幫助，才得以從挫折中站起來。這一次嬌花阿嬤決定不放棄人生，好好活著，她一定要看著孫子女們健康長大。

14.

走出悲傷，迎向朝陽

所有的淚水、傷悲都會過去，

雖然與老公無法相伴到老是碧華心中最大的遺憾；
雖然有時想起傷心過往還是不免會心痛，
但是生命依然美好，上天還是給了她許許多多的恩賜，
讓她深刻地體會到生命的可貴與溫暖。

「我記得先生出事那天，表現很反常，因為從不陪我上臺北買東西的人，那天竟然願意開車帶我去。當時還沒有導航系統，全憑記憶，而我又偏偏一直記錯路，所以找路多花了好多時間，先生很生氣，當下劈頭數落了我一頓外，還說著，你這樣以後要怎麼在臺北跑，當下我也很生氣，因為平常的他是不可能會這樣罵我的。」後來回想起那天的情景，碧華覺得冥冥之中，先生對她好似就是放不下心。

先生出車禍的那天晚上，原本是在朋友的茶行喝茶，但是因為小女兒要回家，於是碧華打了電話叫先生去載女兒，可是小女兒等很久都等不到爸爸出現。於是女兒打電話回家，她一直撥先生的手機，但是電話卻一直打不通，這時有一種不好的預感浮現碧華腦海，她急忙往茶行衝，一來到民族路就看見先生的機車被撞得稀巴爛，警察說先生被撞重傷已緊急送往醫院了。

碧華趕到醫院時，醫生跟她說先生在到院前就已經走了。

連最後一句話都來不及跟她道別，碧華的先生就這樣被一個逆向、無駕照的酒駕者給撞死。聽完噩耗，她內心有一股狂大的嘶吼聲撲湧而至，她很想放聲大哭但卻哭不出來，全身不停地發冷顫抖。

「老天太不公平，憑什麼就這樣輕易奪走一個這麼好的人的生命。」明明先生才要去接女兒回家，怎麼會發生這樣的事情，她望著先生最後的面容，再也忍不住眼淚崩堤。

接下來過了一段手忙腳亂的日子，碧華覺得自己每天就像行屍走肉般，連自己都不知是怎麼熬過來的。

一直到辦完後事，她才有辦法好好安靜下來，思考之後自己一個人要帶著兩個還小的孩子如何活下去。

當人陷在一個無法自拔的泥沼中很久，就要花更長的時間才能走得出來。有很長一段時間，碧華日日以淚洗臉，經常思念先生，心中都是不滿與怨懟。她逃離人群，害怕別人對她投以同情或悲憐的眼光。

她心中裝滿的全都是負面情緒，即便是婆家和娘家的人，她也因為擔心影響別人而恐懼面對，因為過多的關注就是一種無形的負擔，碧華只想一個人靜靜承受，不想再造成別人的負擔。

想念先生的心，一天也沒有停止過。

她把先生的東西原封不動留著，每次想到先生就會到房間去看一看、摸一摸。在外人面前，她雖看似已漸漸走出傷痛，但是偶爾寫在她臉龐上的感傷憂愁就是讓人不太敢靠近。

碧華想起自己結婚之前那段困乏的生活，窮困的童年，還要上山幫忙砍柴，幫忙做好多家事，但是再苦她都是認真地微笑面對。

認識先生之後，她單純的只想婚後當個好妻子，甚至結婚時連戒指都是先生借來的，那一段苦日子她也是一樣微笑著面對。婚後和先生一起努力打拚賺錢買了房子，原本以為可以長相廝守一輩子……。一切歷歷在目，她不懂為什麼她的幸福藍圖才要開始實現卻遇到這樣不幸的事情。

碧華的先生真的是一個老實、認真、務實的人，跟著公公做包工程的工作，雖然很辛苦，卻從未聽他抱怨過。而碧華更是努力，白天在貿易公司上班，晚上還跑去餐廳端盤子，就是想要夫妻一起多賺一點錢讓生活過得好一些。即使那時生活不算優渥，可是夫妻倆胼手胝足一起努力，為共同的目標打拚，在任何時刻想起來都覺得好幸福，然而，一夕之間卻什麼都沒了。

遇到這樣猝不及防的意外，要如何獨自面對？即便碧華心中明白，自己應該要盡快振作，回到原來的生活，像是要如何更認真工作賺錢養家、要如何讓小孩快樂正常成長、要如何重新規畫未來的生活等等，但是不安的情緒還是常將她推入無底深淵。

就在那段還處在憂愁的時間，碧華還得強打起精神來面對接踵而來的法律訴訟等諸多繁雜瑣事。

當時她心中很是苦惱，因為光是要一個人上法庭、送件、申請補償及其他瑣瑣碎碎，這些她完全沒接觸過也不熟稔的事，就要花上好多的精神，讓她覺得力不從心，甚至有幾次都想直接放棄算了！想著以前什麼事都可以有先生相伴商量，而現在卻得獨自一個人面對，就更加傷感。

當時碧華想著自己都已經是被害人的家屬，該受譴責的是肇事者才對，為什麼被害方還要一次次的跑法庭據理力爭才能獲得肇事者應給的賠償？她很想趕快讓事情告一段落，不想心疲力竭之外還得一次次面對這樣無止境的傷害。也很想趕快回歸到正常的生活軌道，因為沒有一件事比這種精神拖磨更讓人無奈。

還好，這時犯罪被害人保護協會的工作人員出現了，碧華記得當時他說了一句讓她很感動的話：「只要你有任何的問題，不管是在法律上、生活上或是小孩教育，甚至是工作上的事，我們協會都一定會竭盡所能幫你的，有我們陪你，你可以很放心。」就是這樣溫暖的話語，讓她知道在絕望的最深處有人願意傾聽並陪伴她度過難關，心瞬間就安了一大半。

接下來有許多法律方面的諮詢多虧協會的幫忙，例如怎麼進行肇事者的假扣押、要如何出具保證書等等，在繁雜法律程序的路上，犯罪被害人保護協會的工作人員都始終一路在旁相伴，給了她最及時的協助，讓她沒有因為不諳法律而慌了陣腳，而他們總是不厭其煩的和她一起奔波。

「他們讓我感覺到自己不是一個人在孤軍奮戰，這對我來說真的很重要。他們也讓我瞭解得靠自己才有辦法走出悲痛，我必須要勇敢地接受困難的挑戰，而他們就是會在後面挺我。」

碧華說有時自己也難免還是會回憶起從前的種種，能夠回憶起以前美好的事情自然是一種幸福，而不好的回憶就只能讓它被遺忘在內心最深處了，這些年來，她早已學會堅強。

這一切的改變都來自協會適時的伸出雙手，如果沒有他們，碧華肯定要花更多更多的時間才走得出來。

他們經常鼓勵她帶著小孩來參加協會辦的各種活動，也叫她多參加協會辦的一些課程班，藉著忙碌的生活和工作漸漸忘記傷痛。

這些都讓碧華逐漸走出陰霾，開始有信心走入人群，不論是悲傷或喜樂都開始願意分享給周遭的人。

碧華說除了兩個可愛的女兒和家人是她最好的後盾外，犯罪被害人保護協會的工作人員們總會在角落默默關懷她，成為背後很大的支柱。她一步一步和協會有了更密切的互動，一步一步漸漸敞開心房，慢慢地不再怨天尤人。

之後幾年，她經常參加犯罪被害人保護協會的活動，還加入了協會辦的「彩妝班」技藝學習。

協會就像是一個溫暖的大家庭，大家在那裡可以互相為彼此加油打氣，互相幫助、彼此取暖，這一切都讓碧華的心境與生活有了很大的改變。

在這些波折的路上，因著女兒們的苦樂相伴，還有協會這麼多無私志工的憂患相隨，更讓碧華興起想回饋奉獻自己微薄之力的念頭。

因此，她決定加入志工的行列，就像一直以來無私為她付出關懷與愛的志工一樣，她也想為別人盡心盡力，做一些友善的安慰和陪伴，她覺得能把愛分享出去是一件美好的事。

一轉眼，好多年過去了，現在碧華的兩個女兒都已經大學畢業，也順利進入職場工作，她肩頭上的負擔減輕不少，可以用比較輕鬆的方式接些工作，而多餘的時間她很樂於幫助和她一樣在人生路上受過傷害的人們。

所有的淚水、傷悲都會過去。

雖然與先生無法相伴到老是碧華心中最大的遺憾，雖然有時想起傷心過往還是不免會心痛，但是生命依然美好，上天還是給了她許許多多的恩賜，讓她更深刻地體會到生命的真實可貴與溫暖。

而今，挺過一切，雨過早已天晴。走出悲傷，碧華非常願意伸出雙手去幫助和她有過同樣遭遇的人，她願意以過來人的切身經驗，告訴馨生人家庭要如何慢慢地走出悲痛，如何逃離被詛咒的枷鎖。

就如同黑暗的背後就是光明，命運或許無常且殘酷，但是只要你能懷抱著勇氣，能勇敢面對難題、解決難題，終究會有撥雲見日的一天。

15.

用寬容化解仇恨

走過人生谷底，
涂媽媽也曾有過被拋棄般的絕望，
心中有座冰山，但同爲人母，
她將心比心，體恤同爲母親的加害方家屬，
想到痛失愛女愛子的那種悲哀，
又何嘗不是一樣的？
人性同樣軟弱，想著想著便不捨於心。

涂媽媽的大女兒被男友殺害已經四年了，她也曾心疼、心痛、困惑與憤怒。她心疼懂事乖巧的女兒孤單踏上另一個遙遠的旅程；她心痛兇手的手段殘忍至極；她困惑生命竟如此無常脆弱；她憤怒為何老天爺要選擇讓女兒遭遇這樣悲慘的事件。

四年過去了，生活恢復元來的平靜，悲痛少了一些些，受創的靈魂糾結打開了一點點，她把傷心往事存在心中的一個靜僻角落，並且選擇原諒、寬容與放下。她說會這樣做，是因為想用愛去化解仇恨。

四年的淒風苦雨，歷歷在目，一步步走過訴訟的程序，到修復式會談，並加入犯罪被害人保護協會擔任志工，涂媽媽想用同理心與大愛，來輔導同樣是殺人案的馨生人家屬。她也加入了臺中地檢署之修復式司法擔任陪伴者，受邀分享馨生家屬的歷程與需求，到大專院校去跟同學演講「當生命遇到挫折時，轉個彎」。會想主動做這麼多，都是因為她深刻知道，如果拒絕面對，逃避、害怕碰觸傷痛，那麼世界會是一片黑暗，感受不到希望，也不會再去信任任何人，那樣的人生有何意義？

回憶女兒被殺害的當天，涂媽媽接到一個說女兒出事了人在醫院的電話。對方話語含糊，感覺似乎有難言之隱。「不是車禍，但是很嚴重，那該不會是……」涂媽媽心中浮現前幾天女兒曾在電話中說，男友惡言威脅她的事，不祥的預感直覺，「堇芸出事了。」

果不其然，人還在車上她便接到噩耗，涂媽媽掩面痛哭，不敢相信二十八歲的女兒就這樣離開人間。車窗外豔陽高照，但是她的心卻沉入黑暗，一片淒涼。在車上短短一個多小時的痛苦煎熬，即使事過境遷，一想到還是會痛。

這個殘酷打擊太大了。前一天女兒才跟她通過電話告訴她：「媽媽我這星期要到阿里山辦活動，結束後就直接回家。」誰能料到，那竟是一通訣別電話，女兒的話語言猶在耳，她多麼想再一次聽到她叫媽媽的聲音。

趕到醫院，見到女兒大體，涂媽媽含著淚水，緊咬雙唇，輕輕地掀開蓋在女兒身上的白布。看著女兒冰冷的遺體，哽咽著對女兒說：「媽媽來了，爸爸也來了，叔公也在這裡，你不要再害怕！放下吧！安心跟著菩薩走，世間所有事情我們都會幫你處理。」

第二天，女兒遺體載回臺中殯儀館安置，涂媽媽仰天嘆息著，「老天為什麼這麼殘忍，要在生日前夕將女兒帶走。」途中，涂媽媽邊哭邊與女兒對話：「你要放下世間所有一切，不必再去留念……。放下怨恨、執著，飛去你自己的快樂國度吧。」

其實會發生事情早有徵兆，女兒男友本算開朗，和女兒感情也不錯，但是男方後來性情轉變異常，心情時好時壞，陰晴不定，曾口出惡言揚言要傷害她，女兒心生害怕想提分手卻遭到威脅。女兒心生恐懼，所以請社會局替代役小弟，每天接送上下班。

出事那天早上，替代役小弟也在門口準備要載她去上班，誰知當天早上女兒門一開，男友突然出現，瞬間從腰際抽出一把水果刀，情緒失控，猛力刺中頸部數刀，女兒血流如注倒地不起。

涂媽媽說到女兒意外當天早上七點出門前，還在Facebook 傳了一段文字：「已經忍耐、痛苦這麼久了，必需要好好做我自己……」時間如此巧合，冥冥之中似有安排。

辦完女兒的後事，涂媽媽內心受到的震撼尚未平歇，生活步調也亂了，但是，她知道，如果她逃避面對傷痛，這個家也會倒下，想到這兒，她知道自己還有一份責任，她知道自己需要改變。

還好失去女兒的那段難熬的艱辛日子，有犯罪被害人保護協會的工作人員、志工，還有一大群關心他們的親朋好友陪伴，涂媽媽才能以善念與寬容的心，走出喪女的悲痛。

面對至親驟逝與接下來要歷經的法庭訴訟，涂媽媽也曾惶惶不安，還好有關法律或者刑事訴訟，協會及時提供她很多資源和協助，志工也一路相伴。

案件發生第二天，犯罪被害人保護協會便開始關懷，並提供涂媽媽法律上的協助。臺中分會的主任委員也率領工作人員前往殯儀館關懷，並告知涂媽媽，協會會免費提供律師幫忙有關後續法律訴訟等協助。一審、二審或者民事訴訟及賠償，協會都一一主動打電話提醒她，也替她申請「犯罪被害補償金」，幫忙做假扣押動作，一路關心陪伴，讓她從慌亂中得以慢慢理出一條路。

走過人生谷底，涂媽媽也曾有過被拋棄般的絕望，心中住著一座冰山，但同為人母，她將心比心，用理智感同身受，她體恤同為母親的加害方家屬，想到痛失愛女愛子的那種悲哀，又何嘗不是一樣的？人性同樣軟弱，想著想著便不捨於心，與家人商討後決定與加害人和解，不再仇視對方，這或許是一條不同的路，但是卻是一個新的起點，去寬容、接納、改變，人生是不是會更圓滿？

選擇原諒加害人，有很多人無法諒解或理解。來自四面八方的雜音、不同的意見、正反兩面的評論紛紛傳來，更增加涂媽媽內心的掙扎和痛苦，她的心裡有很深的感觸和壓力，也有被人誤解的無從辯解的感受。但這是經過時間與心境沉澱後，她還是得到心中那個允諾過的答案。女兒不可能再回來了是事實，為何不去幫助一個曾經犯錯，卻急需有人伸出援手拉他一把的人。在日常生活裡，在你我周遭不是也同樣有很多犯錯的人，而大家總不吝於給他們一次機會，選擇原諒不是嗎？或許每一個人的看法答案不同，她都尊重，但是她的信念不會改變。

其實涂媽媽第一次出席法庭時，加害者不願意為自己的犯行懺悔，也不肯說出真相。

涂媽媽低下腰寫了封信給加害者，請求他說出殺害女兒的真相，信中責罵他手段慘忍，但寫到最後也給予他勸勉鼓勵，希望他能找回良知。到了第二次開庭，加害人已經願意坦白說出預謀與事發經過。

涂媽媽的這一封信激起加害人願意認錯的勇氣。

而後透過獄中信件一來一往，涂媽媽已經願原諒走錯路的加害人，因為她相信一件事，加害人已經真心反省後悔了。很多事情用不同的角度去詮釋或者解讀後，就會有不同面向的答案出現，善惡的分別不見得件件皆是涇渭分明，她明瞭加害人的童年有段非常不愉快的記憶，這或許就是造成他日後犯行與行為偏差的原因。

涂媽媽說，人生這段路，說多長不知道，但是要學會和面臨的困難絕對不只這些。她覺得唯有珍惜生命、珍惜與人結好緣，與親人相處的每一刻，才最珍貴。

只要打開心房，以不同的視野去看事情，就能增加同理心與過去或仇恨和解。

這些也是涂媽媽加入志工的原因，犯罪被害人保護協會願意無條件給予被害家人一臂之力，她願意將自己內心所承受過的心情和壓力，告訴與自己有同樣遭遇的家庭。每次遇到有急需關懷的案子，協會工作人員常會邀約她一起前往，彼此用關懷聊天的心情，勸對方要真的放下，才能掃除心中陰霾，讓自己好過一點。

涂媽媽記得有一個家的案子和她一樣，一對年輕人交往多年，感情穩定，可惜一方家長不贊同，男生因為害怕失去，又心生恐懼，無奈犯下大錯。於是協會邀約涂媽媽前往探視，將親身經歷，與被害家長分享。她很有同理心又有安慰人心的力量，因為所有痛苦的路她都走過。她不停的慰勉被害人家長，要將這意外看成是無常，放下寬容是一條最好的路，而最重要的是「趕緊將這一個家拉回到原來的點，過去已不可追，但未來的日子還是要過……」，後來被害家庭主動提出和解。

給一個犯罪人重生的機會，也等於給自己與社會一個機會，原諒曾經犯錯的年輕人，讓他得以真心改過重新開始，這一點是涂媽媽經歷無數痛苦掙扎才想透的，人只要回到良知善念的那個初衷，一切就豁然開朗起來。

有一次涂媽媽受邀到某大學演講，題目是「如何度過不能過的點」。她先問同學們：「哪些事情在你身上是無法度過的？在自己人生上遇到的任何事情，都能用理智去克服而度過的請舉手？」現場竟然沒有人舉手。

她告訴學生們，自己多檢視自己，就能清楚知道哪些點是過不去的，哪些錯是不能犯的。現在的年輕人經常忽略了檢視的那個過程，所以才會犯錯。涂媽媽用自己的經驗鼓勵年輕人，「遇到事情要勇敢講出來，這樣就有機會度過難關，就不會有過不去的那個點，而發生不該發生的事。」

涂媽媽一直很願意分享她自己的故事，去輔導生命中遇到關卡的孩子及家屬，讓被害人家屬跟她一樣勇敢，走出內心的幽谷。她說當人面對殘酷的遭遇，失去親人的痛，遇到生命的困境，該如何用「愛」與「希望」，永不放棄，勇敢活下去，這是一堂人生必修的課，不用去博取同情也不必去控訴社會，而是要重新認識並擁抱自己。

這一個有愛的故事，是一段很不同的人生旅程，雖然聽起來傷感，但涂媽媽卻是那麼勇敢與堅強，她想傳遞的信念是「寬容」與「原諒」，她也想用關懷陪伴去傳遞「愛」。

因著對人生的深刻體悟，她覺得我們的社會需要更多的溫暖和愛去化解心中的仇恨，克服困境，重拾人生的完整和自信。

16.

轉角的微光

這場人生困局，不只是生活窮困，
還要面對無止境的恐懼與不安。
她常和三個小孩一起抱頭痛哭，
情緒的波動與抑鬱，頻頻出現。
這是當時他們一家人的眞實寫照，
但是她慢慢體會到自己一定要改變才能有辦法立足於現實生活中。

孝貞的先生於民國八十九年間，遭友人夥同七、八名持刀歹徒闖入住宅，並以膠布綑綁雙眼及手腳，強行將他押至偏僻產業道路後，予以割頸切腹並殺害，手段極為慘忍，當下家人的痛苦是可想而知的。

在面對慘案發生，孝貞心痛至極，花了很多時間才走過悲痛。她以堅毅的意志力面對艱苦的人生，家裡的生活原先就不算太好了，先生一走更完全失去經濟來源，當時除了撫養三名當時分別為十三歲、十一歲及四歲的未成年子女外，還要顧及扶養照顧公婆的責任，六口之家的重擔有如千斤百斤重，她根本沒有把握能扛得起。

所有的人都在旁搖頭、不忍、歎氣，但是大家能幫的忙也只有安慰而已，叫她不能一直哭一直哭，這樣對事情沒有實質的幫助。她當時無法承受也不願意面對先生已經死了的事實，經常悲從中來，在睡夢中就哭了起來。這場人生的困局，不只是生活的窮困，還有面對無止境的恐懼與不安。她常和三個小孩一起抱頭痛哭，情緒的波動與抑鬱，頻頻出現。那是當時他們一家人的真實寫照，但是她也是慢慢體會到自己要改變才能有辦法立足於現實生活中。

但是時間又不可能倒轉。每個人都來安慰她，人都走了你一直傷心流淚也不是辦法，想一想這三個小孩吧，想一想你還有好長的未來要走，必須要堅強。

孝貞說：「我先生遇害時，還留下上了年紀的公婆，我們自己有三名小孩，最小的女兒才四歲，我當時覺得滿腹委屈，絕對不肯原諒凶手，剛開始，我每天醒來就是哭，睡著也是哭，真的不知如何面對未來……」她說，每天都很痛苦，起床痛苦，睡覺痛苦，吃飯也痛苦，所有的事都讓她痛苦。

生活的一切都變了，像她這樣一個弱女子，要怎麼扛起一個破碎的家，她說心和生活都只能用支離破碎來形容。

她無法理解為什麼凶手要用那麼殘忍的方法來對她先生，她存有很深的恨意，心中同樣灑滿斑斑血跡，她不能原諒凶手的罪行。還不懂事的小孩總是心裡充滿不安恐懼，更不要說年長的公婆心裡會有多難過了。她雖然不希望孩子連單純簡單對人性的信任也被剝奪，但是她就是不甘願。

怨懟與經濟的壓力，兩者都好難熬，孝貞都不知道熬得過今日熬不熬得過明日，每天腦子裡也是模模糊糊，不知道養不養得活這個家。在數不清的夜裡，她獨自感受孤單，獨自回想過往，一段段不停的湧現，對完整家庭的記憶，不知要如何才能拼湊回來。

「不過還好我們遇到犯罪被害人保護協會，他們第一時間就主動伸出援手，他們在案件方面提供了我很多的法律協助、調查協助、申請補償等。志工們也常來家中探視慰問、關懷陪伴我與我的家人，逢年過節更主動邀請我們參加活動。」對於這些她心存感激。

而在孝貞最難的經濟難題上，協會也提供緊急資助、生活補助等等，並協助三名子女就學資助、獎助學金，還另外協助轉介社福單位提供急難救助。這些協助讓她緩解暫時的經濟壓力，協會的工作人員和志工們總是能靜靜貼近他們一家人的需求和痛苦，給予溫暖並提供指引。

「我知道自己不能一輩子都躲在陰暗角落裡，」所以要放棄悲傷過日，「我要幫小孩找回以前幸福溫暖的家。」所以她選擇更努力過生活。孝貞靠著協會的安排，定期到彰化基督教醫院進行個人心理諮商與團體心理輔導的課程，讓自己一步步走出來。她知道不能一直沉浸在不幸中，悲傷的負面情緒會不停擴大，痛苦會成為藉口，不去逃避，努力面對自己的生活，才是忘卻憂傷痛苦的良方。

協會的工作人員和志工常常鼓勵孩子們要體恤媽媽，努力讀書，不要因父親的不幸遭遇影響情緒或學習。可能就是因為有人願意這樣持續的關懷陪伴與協助，孝貞慢慢找到自己原來的生活步調和目標，一步步向前邁進，雖然步調緩慢，但一路以來都有三名子女陪伴在身邊，她的內心踏實許多。

三名子女聽話乖巧，生活上雖然一樣忙忙碌碌，但是家人的心緊密地連在一起。媽媽的辛苦，小孩看在眼裡；孩子的懂事，媽媽心裡明白。孝貞很關心小孩，再累每天都要和小孩聊聊學校發生的事、課業的事，她希望孩子的成長不要受到影響。

在一次偶然的機會，孝貞參加協會開辦的「全能美甲師」指甲彩繪班，學習美甲技能，也結識其他馨生人，大家在學習中有說有笑，互相鼓勵，還會私下相約出去玩。個性耿直樂觀的孝貞在課堂上儼然就像班長一樣發號司令，她特別會照顧人，也很會指導並鼓勵其他馨生人。她知道大家都渴望被擁抱，得到認同，所以她總願意伸出雙手給對方一個愛的鼓勵與擁抱。

「我相信每個馨生人的內心深處都有傷痛，但是只要願意面對，學習接納與放下，一定能讓內心的陽光再現，這樣，不僅能改變自己，也能幫助或影響其他的人。」在尋求心理諮商的過程中，她體會到只有自己走出來面對，才能重生，這樣的信念讓她改變，所以她也想幫助其他的人改變。

孝貞說：「我不喜歡看到別人無助軟弱，因為這樣會讓我想到先生剛出事那些年，那個彷徨無助的我。」所以她會主動去幫助其他馨生人，她總是以老大姐的口吻鼓勵大家勇敢面對困境。她常說日子一樣要過，每天都有喜怒哀樂，沒有人會有不同，要放下過去才能海闊天空。

完成培訓後，憑藉著一份過人膽量，孝貞選擇自行創業，她開起美髮與指甲彩繪工作室，還實現了之前說過的要以「馨生人」的「馨」字來命名，她開的店就叫「真馨」工作室，她期許自己要以真誠的心去對待其他馨生人。雖然開店期間一波三折，但她都一一克服，她說創業對她來說就像人生轉角的一線希望，一定要好好把握。

孝貞創業後，為回饋協會，曾多次帶著女兒參加協會舉辦的公益活動，她付出真心服務弱勢民眾，並將活動義賣所得全數捐贈協會，希望協助更多位馨生人。

她說：「在心理師的開導下我早就想開了，想到先生都早已放下一切，升天做神逍遙自在去了，還有什麼不開心的，搞不好他現在正在笑著看著我呢，我怎能一直把自己鎖在孤獨和仇恨裡。」她已經體會到只有寬容、放下恨，才能真的走出來。她也決定真心原諒凶手，因為唯有這樣，心中才不再有恨，了無牽掛，才能去除藏在心裡的陰霾，讓自己的人生重新出發，飛向夢想的天空！

在這曲折複雜的人生彎路，孝貞已經把不好的記憶掃除得乾乾淨淨。她說不好的就留在過去，美麗留給未來，她把目標和希望擺在明天，會更努力大步向前邁進。她知道，一切已經不一樣了。

17.
謝謝一路上有你們

是他們用愛救回了兒子，

用耐心贏回了公理，用樂觀去面對未來。

他們對兒子的愛像磐石一樣堅固，

遇到困難也從未動搖過，

這一家人是守護兒子生命的無懼勇者。

他們爲兒子所做的一切，奉獻的一切，讓人尊敬之意油然而生。

父母親永遠都是家的重要支柱，父母對孩子永遠都是無私無悔、無條件的付出，下面這個案例，就是一個父母親永遠不放棄自己兒子的故事。他們陪著孩子親身經歷過絕望痛苦，但是不論家庭的經濟有多困難，他們都不讓孩子擔心；無論復元的希望有多麼渺茫，他們都堅決不放棄，責任就是愛的負擔，只要兒子可以再度和他們緊緊擁抱，要他們做出多少犧牲奉獻，付出多少心力，再苦再累都無所謂。

民國九十七年的某一天，小馬的爸爸經過法律扶助基金會的介紹來到犯罪被害人保護協會的辦公室，這位爸爸用半開玩笑卻又無奈的口吻告訴協會工作人員，說自己失業了，可是兒子同時間幫他找到一份更重要的工作，他拿出兒子車禍的相關資料訴說著事情發生的經過。

原來這位爸爸的兒子小馬原本就讀高中二年級，因為某些原因決定休學北上桃園，晚上就讀高職夜間部，白天拜師學習舞獅技藝，但是就在民國九十七年九月二十四日那天傍晚上學途中，不幸發生車禍。

兒子經緊急送往桃園國軍醫院急救後，仍被宣告成為植物人，意思是，小馬有可能一輩子都不能走路、不能說話、需要躺在床上要人照顧。小馬爸爸說：「那時候我們真的很無助，也很擔心害怕，不知道該怎麼辦才好，每天看到躺在床上一動也不動的兒子都好心痛……，特別是在加護病房內，常有人往生被推出來，我和太太只要一看到門打開有人被推出來就擔心得要命，心情七上八下，沒有一刻安心。」

就在此時正逢金融海嘯來襲，小馬的爸爸無預警遭公司裁員，這突如其來的兩件事，讓一家人的生活陷入困境。而小馬媽媽原本在科技公司上班，但是當時景氣低迷常休無薪假，加上因為要照顧醫院中的兒子沒有辦法全力配合公司加班，所以被降低調薪，這一切猶如雪上加霜讓人百般無奈。那時家中尚有兩名就學中的子女，兒子車禍後龐大的醫療費用及未來的養護費用，讓這家人陷入愁雲慘霧中。

聽到小馬爸爸的說明，協會在第一時間就安排志工到府訪視，並致贈慰問金解急，然後協會仔細瞭解了整個車禍的來龍去脈，隨後繼續協助能幫上忙的部分。首先，工作人員先通知小馬的爸爸到法律扶助基金會申請法律協助，然後也要他去社會局申請中低收入戶、傷病醫療及看護補助等。

接著，是有關小馬的醫療問題，小馬爸爸為了方便照顧兒子，經建議後轉回離家近一點位於頭份的醫院治療照護，並著手申請重度身障手冊，也開始在醫院附屬的安養中心做後續的復健治療。小馬的外傷部分復元不錯，四肢開始慢慢有了反應，但是因為還是要隨時抽痰觀察，所以留在醫院附設的安養中心比較讓人放心，然而雖然人在安養中心，爸爸還是全天無休的在旁協助照顧。

小馬爸爸說：「即使安養中心那時有值班的護士與看護在，但是有一次我只不過是回家吃中飯，也有請護士特別看顧一下，沒想到等我從家中趕回來後，就發現兒子的痰都已經吐到脖子後面了，對氣切的人這樣是很危險的。後來在安養中心兒子也感染疥瘡，需要治療，加上因為在醫院長達一年的時間，長期觀察發現一個看護要照料過多病患，看護在為病患洗澡餵食時，猶如工廠制式的一貫作業，實在很難仔細一一照料好每一個人……」因為這些原因，小馬爸爸決定等小馬穩定之後，就把他帶回家親自照料。

當時小馬爸爸全力放在照顧兒子身上，小馬媽媽也因常放無薪假，收入比之前少許多，這樣一份收入要養活一家人，還要負擔醫療費用，根本不可能。經協會評估後，協會也立即協助申請緊急資助金，讓他們先度過難關，可以喘一口氣。

九十八年二月，小馬的狀況不樂觀，轉至沙鹿童綜合醫院開腦水腫的手術，自費裝置頭蓋骨與引流管，費用負擔驚人，小馬爸爸媽媽此時都是輪流到醫院照顧，小馬的情況漸有好轉。但是幾個月過後，頭蓋骨適應不良，決定拆除，之後又續裝，拆拆裝裝，過程一波三折，在醫院進進出出，出出進進，這些照料與心境上的勞累與辛苦，絕非一般人可以想像。

小馬的爸爸說：「兒子在桃園國軍醫院、沙鹿童綜合醫院、署立豐原醫院等，動過的大小手術數都數不清了，我的母親當時看著心愛的孫子受到這麼多手術煎熬，很不捨，都希望我們不要再讓他開刀了。」可是小馬的爸爸左思右想，一切手術只要是能讓孩子更好就應該要試，所幸最後的頭蓋骨手術復元良好，兒子也終於在一年多之後可以回家，但是後遺症是會不定期癲癇發作。

小馬的爸爸親自待在在家中二十四小時全年無休照料兒子，其中的辛苦外人真的很難體會，「剛開始還有裝氣切管與鼻胃管時照料都要很小心，要每天按時餵藥、泡牛奶，抽痰、拍背、翻身不知多少次。」他還在家為兒子復健，所以從早到晚沒有一刻得閒。

「之前本來也有想到去復健中心，但那時還裝有氣切與鼻胃管，光準備出門就至少要三十分鐘以上，況且還要下樓搭車，又怕途中會發生什麼問題，到了復健中心也頂多做個四十分鐘又要搭車回家，所以我就乾脆自己動手幫兒子量身訂做復健的器具，做了一些如站立桌以及復健專用的簡單輔具。」學機械出身的小馬爸爸製作都不假他人之手，只要能為兒子好，再苦再累都沒關係。

除了每日持續的復健，小馬的家人也會用言語對話與肢體接觸等刺激來維持小馬的肢體功能與身體機能，小馬的爸爸更是不停吸收各種醫學方面的資訊，學習如何用更好的方法照料兒子，那時他連插鼻胃管都硬著頭皮學會了，因為剛開始時，小馬就曾多次自己動手拔掉氣切管與鼻胃管，讓不知所措的小馬爸爸嚇出一身冷汗，於是後來就自己跟在護理師旁邊慢慢學著更換的方法，以備不時之需。

「兒子剛開始是二十四小時躺床上，需要被動式照顧，如果沒有人幫他翻身、拍背、換姿勢等很容易就長褥瘡，也要特別注意抽痰、卡痰等細節，如果氣切管、鼻胃管不小心跑掉或被拔掉也會有危險，所以照料要注意的細節很多很多，總之，照料者的苦是有口也說不清的。」但是小馬的爸爸是這樣想的：遇到問題，就勇敢面對，是好是壞，一切都要自己「概括承受」。

小馬的復健之路，走得好辛苦，協會持續關懷並為他申請到相關的醫療補助。協會的工作人員與志工會定期的持續追蹤他復元的狀況與家庭經濟有無問題，並且定期訪問探視，三大節也會致贈慰問金或禮品等，因為大家都被這家父母對孩子的那份愛所感動，很想知道他們過得如何，看看還有沒有什麼需要協助的能盡上一份心力。

在協會持續追蹤小馬的狀況後，發現小馬有居家復健服務的需求，便著手安排相關申請事宜，經過評估，復健團隊開始為小馬進行居家復健，一直到現在都沒有間斷過。當志工再度探訪時，發現小馬一直盯著平板電腦，非常專注，在其他各方面也有不錯的進展，小馬爸爸還發出驚人之語說，兒子現在可以自己從椅子上站起來了，這可是讓他高興了好久呢。

而最令人難熬的冗長的法律途徑，經由法律扶助基金會的律師，及犯罪被害人保護協會持續的法律協助，也終於在一○二年雙方達成和解，並拿到全數賠償金。小馬爸爸表示在冗長的法律程序中，能獲得圓滿解決，總算放下心中的那塊大石頭，對協會和幫助他的人都深表感謝。

因為小馬爸爸的悉心照顧，民國一○○年時，小馬右手可以舉起，左手可以吃飯，雖然對他講話還是似懂非懂，但多少也能有所回應，如今身體狀況尚稱穩定，但是智能進步依舊有限，一樣需要家人全天候照護，雖然經濟一樣緊迫，但是看到小馬的進步，小馬的爸爸媽媽已經滿心歡喜了。

「十年過去了，我覺得兒子現在的狀況已經算不錯，從昏迷指數只有三，到現在可以扶著牆慢慢走，雖然還是只能開口叫媽媽，但是看到電視遙控器、電腦等也會去碰觸，弟弟在家也會跟他打鬧，讓肢體有互動，好增加腦神經的刺激。」其實能走到今天，小馬爸爸已經打從內心很感謝。

隨著小馬復元的狀況逐漸穩定，協會也鼓勵小馬爸爸帶著小馬多出來參與協會舉辦的各項活動，他們曾參與過幾次，例如「走，陪你一起去旅行」的活動，讓重傷馨生人一起走到戶外，遠赴日月潭搭船、烤肉，並在日月潭住宿一晚，第二天還安排搭乘空中纜車。其中雖然困難重重，但在協會工作人員、志工的協助下，都一一克服。

「對於有身障的人，要出一趟遠門真的很困難，光是準備東西就一大堆，更何況是要去旅遊，謝謝協會這麼有心辦這樣的活動，讓大家都玩得很開心。」小馬的爸爸說除了感謝還是感謝。隔年，小馬爸爸又帶著小馬來參加協會舉辦的「午後的三合院，誰來午餐」，馨生人間互相加油打氣，家屬也交換照顧心得，是很難忘的聚會。

「兒子能走到這一步，我內心已經很感恩了，看著兒子一天一天有進步，所有的辛苦馬上就忘掉了，雖然以後也不知道還會再碰上什麼困難，但是我會陪他繼續努力，未來的路還好長，我相信兒子一定會更好的。」這位勇敢的爸爸用感性的語氣說著。

這個家已從當初的一團亂，惶惶不安與不知所措，到現在有條不紊，漸上軌道，真的是很大的轉變。在小馬的人生道路上，一家人跌跌撞撞、摸索前進，儘管也曾經有太多的變數阻礙他們往前走，但是終究還是一起撐了過來。

現在，小馬的爸爸只要有一點空閒就去資源回收，對他來說，這份要花很多體力的事情，意義非凡。「第一，可以健身；第二是環保，回饋社會；第三，可以補貼一點家用，有這麼多好處何樂不為，要活就要動。」聽小馬爸爸講得雲淡風輕，說自己的事，卻好像在說別人的故事，他已經懂得如何自我調適，讓緊繃的情緒適時鬆開，不過他這十幾樓，背著幾十公斤甚至上百公斤的回收物上上下下，來來回回，無疑是想要鍛鍊出自己更好的體力，好用來照顧兒子一輩子。小馬爸爸說，面對長期照料者的壓力，轉換環境與心情，讓情緒有個排解出口真的很重要。

對於未來的期待，小馬爸爸說：「小馬的癲癇還是會不定期發作，這也是我最放心不下的，有時會滿擔心的，很怕有什麼意外再發生。」細心的小馬爸爸總是會把小馬癲癇發作的時間點一一記錄下來，然後反應給醫生，但是癲癇還是頻繁發作，雖然小馬爸爸都會在旁邊耐心處理直到症狀穩定下來，但是有時還是會有很大的無力感，所以會更加小心，隨時待在小馬身邊不敢離開一步。

「我自己也看很多跟醫學相關的醫療訊息，也常常和醫生討論，只希望能找到更好的方法讓兒子的狀況可以更穩定。」他希望醫療科技能夠再發達，讓他的擔心可以再少一點。

在漫漫醫療復健長路上，就是因為這樣有勇氣的父母為後盾，兒子才能通過重重關卡，重新站起來，雖然身體仍不完美，但那已是非常不容易。而司法訴訟也是如此，從刑事到民事，從地方法院打到高等法院，來來回回，歷經了六年，才得以和解落幕，若不是小馬爸爸堅韌的耐性與毅力，在醫療與司法訴訟雙重壓力下，換做別人早已崩潰或放棄。

這一對有愛的父母對犯罪被害人保護協會也是滿滿的感恩，「協會對我們被害者家屬真的是百分百有幫助，謝謝你們一直以來的幫忙，陪我們度過一次又一次的難關。這一趟好辛苦，還好有協會，讓我有勇氣陪著兒子一步一步慢慢走。」

是他們用愛救回了兒子，用耐心贏回了公理，用樂觀去面對未來。他們對兒子的愛像磐石一樣堅固，遇到困難也從未動搖過，這一家人是守護兒子生命的「無懼勇者」，他們為兒子所做的一切，奉獻的一切，讓人尊敬之意油然而生。

18.

守著陽光，守著你

全心全意守護兒子的心，一路走來始終如一，
生命裡的委屈痛苦她已嘗盡，
人生道路的起伏顚簸，伴隨多少傷痛寂寞，
「我爲兒子所做的那些事其實並不算什麼，
但是在內心深處不可抹滅的傷痛才最傷人。」
庭豪媽媽所求無它，
只期盼兒子有朝一日能開口叫她一聲「媽媽」，
還有這世上不要再有酒駕悲劇發生。

民國一〇〇年七月三十一日，即將於研究所畢業的詹庭豪，就在他碩士論文通過口試的那天，在學校附近騎樓外等著買麵，竟遭一名酒駕肇事男撞飛，送醫急救性命垂危，最後雖撿回一命卻成為植物人！

當醫生宣告庭豪成為「植物人」時，三個字重重擊倒了庭豪媽媽，她的淚水再也忍不住的決堤，淚如雨下，她多希望時間能定格在出車禍前的那一剎那。

「這是多麼殘酷的宣判，比判我們無期徒刑還要殘忍，小豪終其一生要躺在床上無聲無息的活著，這教人如何接受。」庭豪的媽媽心如刀割，那樣的世界是黑暗的，沒希望的，有誰能料得到好不容易拉拔長大的兒子會發生這樣的意外，要她怎麼承受。她在心中對被老天爺不公不義對待的那種憤怒一下子全都湧了出來。

「我是一名單親媽媽，小豪一直以來都是乖巧又貼心，讀書時自己靠助學貸款，有空閒就去打工與兼家教賺學費、生活費。他非常孝順，希望能減輕家裡經濟負擔。遇到這樣的事情，要我如何面對？我當時只有滿滿的憤怒、恐懼、心碎，眼淚停都停不了，小豪是我在這世上唯一的寄託，失去他，我也活不下去。」

庭豪媽媽自此人生跌入深谷，悲不可抑，她覺得老天不應該，竟讓一個善良懂事的孩子遭遇不幸，她的啜泣聲畫破了黑夜的寂靜。想到兒子就要這樣躺在床上一輩子，眼淚和痛苦就一點一滴滲入心底。她說自己如同站在懸崖邊，縱身一跳或許就能解脫，但是她捨不得兒子，也不想多出現一則社會新聞。所以她無奈接受事實，只能在心中埋怨蒼天。

兒子的腦袋和身體都可能無法復元，要在病床上過著未完的人生。庭豪媽媽想著這樣到底是該懷抱感謝老天留下他的生命，還是……。沒有意識的庭豪還能醒過來嗎？但是抱怨於事無補，兒子成為植物人已成事實，身為母親自然不能逃避，她知道自己得先堅強站起來，才有機會幫助兒子。為了讓生命的缺憾可以得到釋放與安頓，她決定收起淚水，決定去找不幸事件背後的另一層意義。她毅然決然地辭去工作，然後全心全力照顧寶貝兒子。她說換了任何一位母親都會這樣做的。經歷種種的不安悲痛後，她明瞭為了兒子，此刻她要更堅強的活著。

「我當然會不捨兒子的世界只剩下圍著護欄的床和輪椅，所以我要帶著兒子『走』出去。」她希望小豪一樣可以看到藍天，曬到太陽，一樣可以到外頭透氣，想起從前的小豪那麼體貼，以前生活的點點滴滴竟成為庭豪媽媽的一帖安慰良藥，能夠回想以前種種變成美好的事。

庭豪媽媽常常握著庭豪的手，每天再累再苦都會給他無數個愛的擁抱，「其實不管他當下有沒有反應，我相信有一天他都一定能感應到。」每一個「植物人」背後都有一個很辛苦的照顧者在默默付出，外面的人看她照顧得那麼辛苦又那麼吃力，都勸她不如把兒子送到安養中心，但是她做不到，不忍心，她不要小豪被遺棄在冷冰的安養中心。

「我也曾想過要把小豪送到安養中心，但才看了一、兩家，眼淚就不聽使喚掉下來，我做不到，再苦再累都要把小豪放在身邊，至少我可以每天摸摸他、抱抱他，看到他，跟他講講話，放他一個人在安養中心，我沒辦法睡得安穩。」

即使兒子成為植物人，庭豪媽媽一樣堅持幫他做復健。她曾慕名幾位知名醫師尋求治療，但是被醫生怒斥叫她不要再來，還有醫師看到她推著孩子這麼辛苦，直接告訴她別白白浪費力氣。當下她盡量忍著情緒，但是當她推著兒子離開醫院等著復康巴士到來時，傷心無助如波濤撲湧而來，讓她瞬間淚崩。「像小豪這種重度腦傷的醫療邊緣人，很多醫院或復健中心根本不歡迎。兒子癱瘓的狀況其實一開始可以復健的項目的確有限，只有被動式手腳關節運動和站立床等，但是我仍每週固定兩天前往復健，我特別珍惜這兩天，因為可以帶著小豪到外面走一走，所以幾乎是風雨無阻。」她不想孩子的世界變得那麼狹小，即使自己上了年紀，體力也不好，但還是堅持帶著兒子去復健，她記得剛開始時，她因為抱不動小豪，經常在要移動小豪時就無助的哭了，她顧不了，反正用盡全身的力氣就對了，然後就辦到了，她從來不知道自己的力氣竟然可以變得那麼大。

「其實我是一個弱小的女子，要移動小豪，很困難，但是沒辦法，我只能硬著頭皮去學去做，先踏出第一步，可以稍微移動一下身體，再接著第二步、第三步，到後來就駕輕就熟。」每次都筋疲力盡，但是如果不做，誰來做呢？

庭豪媽媽為了全心全力照顧好兒子，即使自己與外面的世界越來越遙遠都沒關係，雖然一成不變已經變成她生活的日常，但是潛藏在心中想要好好守護兒子的那股力量卻無比強大，其他東西她都無所謂。此時此刻她能選擇的路只有一條，那就是陪伴兒子走完餘生。

庭豪媽媽常看著兒子睡時的臉龐想著：「如果老天有眼，能不能指引我一個方向，不要讓生活不停重播著沉重，可不可以讓奇蹟出現，別讓小豪一直默默躺著。讓我可以聽到小豪再出聲喊我一聲媽媽？」她總是想著或許明天一覺醒來，祈求可以實現。

關於這一切她別無選擇，只能用愛和身體力行守護著庭豪，希望有一天能感召老天。因為怕兒子的肢體萎縮，所以一定要努力為小豪復健，每隔二、三小時一定要有的例行翻身之外，拍背、按摩、灌食等，所有照顧的事，全都不假他人之手，還要每日抱起兒子下床坐到輪椅上，活動筋骨，也要練習站立與訓練肌肉。慶幸的是之前毫無反應的兒子，終於在出事昏迷後的兩年，慢慢可以睜開眼睛，眼神似有意識地望向她。庭豪媽媽看到這一幕高興得大叫落淚。接著她每日更大聲在兒子耳邊說話並且呼喊他，希望可以刺激他有更多甦醒。緊接著有一天，庭豪的右手可以動了，一切有如奇蹟，期盼成真。她開始拿著有數字的教學紙板教兒子數字，「一、二、三、四」，從頭開始，兒子也慢慢地有回應，她抱著小豪大喊：「兒子，你好棒！你做到了。」不久後，他右腳也漸漸有了知覺。

「我好像是陪著小豪重新歷經小嬰兒再長大一次。」雖然兒子的進步很有限，語言部分尚未有任何進展，但是只要有希望她都絕對要試。庭豪現在可以用手指勉強比出一到十的數字，也能對媽媽說的話有些反應，對庭豪媽媽來說這已經是老天施展的絕妙魔法。

一路走來，照顧者的辛苦孤單其實是外人很難理解的，不過庭豪媽媽對兒子的愛始終如一。她也一樣感謝犯罪被害人保護協會的「默默守候」與「始終如一」。

「從小豪出事開始，協會第一時間就跟我聯絡，他們提供我很多的幫忙，包括法律上有關和解、訴訟、律師等問題，一直關心我和小豪的狀況，還有協會專案補助款的撥放也從來沒有間斷過，當然還有志工的固定探訪。每一次協會的人到來，我就會打開話匣滔滔不絕，因為太少有機會說話，會很想找人好好說說話，發發牢騷。協會的人不但肯花時間聽完，還不忘鼓勵、安慰我，真是辛苦了。」庭豪媽媽覺得跟人說說話是情緒的一種出口。

「有一次志工探訪，我那天剛好推著做完復健的小豪回家，當天輪椅有點故障，要送回原廠修至少得花一千元以上，但是志工卻很有耐心花了三十分鐘幫我們把輪椅修好。志工看到我推著小豪進出非常吃力，因為那時墊高方便推輪椅的那片斜板已不堪使用。幾天後，他便請人來幫我釘一個全新的，很堅固，讓我推輪椅可以輕鬆一點，雖然這些都只是些小小的舉動，但卻讓我心裡很感動。」庭豪媽媽衷心感謝協會大大小小的貼心協助與提供的物資和補助金，那些鼓勵與關懷，她都點滴在心，不曾忘記。

現在這麼多年過去了，「我花了數不盡的時間在為小豪復健，我說服自己只要努力必有收穫，我強打起精神，從早上起床開始幫他洗澡刷牙、換衣餵食，然後抱他下床，每日在家照表操課幫他運動復健，然後還要一周兩次定期外出去醫院復健，要一直忙到小豪晚上就寢為止……，這是我每天工作的全部，也是我生活的全部。」庭豪媽媽一年三百六十五天照顧兒子，凡事親力親為經手所有大小事，就這樣，每一天、每一天……

「我的日子就是這樣，日以繼夜，夜以繼日……，當我兒子的人生停下來的那一天，我的人生也停在那裡。」擦掉眼淚，這就是她的人生了，沒有選擇，但是還是要繼續。

雖然現實還是會有不同的考驗存在，但是對庭豪該有的照料與愛，媽媽都有一樣的堅持。例如，庭豪媽媽的生活雖然一成不變，但是對於庭豪所處周遭的一切，她則會用心改變，「像我會把小豪的房間布置得很溫暖舒適。平日白天我也會在房間內播放各種不同的音樂，晚上就寢前會放療癒輕音樂，聖誕節就在角落擺放聖誕樹，纏上一閃一閃的燈泡。怕小豪在床上只能望著白茫茫的天花板，我會在天花板貼一些裝飾，也裝投射燈，牆上貼上不同壁貼。」庭豪媽媽希望用繽紛美麗的色彩與溫暖的氛圍，帶給兒子不同的視覺、聽覺感受。客廳裡的大電視，也是為兒子買的。有時兒子下床復健或坐在客廳，她就會把電視打開，聲音開大，看電視時順便幫兒子按摩手腳，刺激兒子的感官神經。每天的例行練習站立，也會讓庭豪站在那片有美麗風景的窗戶旁邊，她希望兒子看出去的世界也能夠隨著春夏秋冬有所變化。不管他到底能感覺得到幾分，只要可以，她都希望為庭豪多做一點。

「我經常緊緊抱著小豪，對他說，兒子你要加油，他有時會用眼神回答我，有時會跟我比一個手指。」庭豪媽媽說兒子的任何小小回應都是她現實生活中的大大喜悅，她一遍又一遍不厭其煩教會他用手指比出家裡的電話號碼，只要有進步，哪怕只是一點點，能夠比現在更好就好。

近一兩年，協會志工每隔幾個月依然會前往探視庭豪，也會定期幫忙申請物資，如尿布、安素等生活必需品，每一次都會看到媽媽努力的為他復健。有時是站立訓練，有時是腳踏車的復健，幾乎沒看到她有片刻休息。面對植物人照顧的困境和身心所承受的煎熬與壓力，但是她卻從沒放棄，為了兒子無怨付出，還要忍受失落與孤寂，真的讓人感動不已。

「照顧小豪的苦，我很少對外面講，因為大家不是實際照顧的那個人，不可能體會，但是我做這一切都只是身為一個母親愛護兒子的心。」庭豪母親一個人扛起一切，這也是為什麼協會志工總是願意多花一點時間和她聊天，不忘細心去瞭解他們還有哪些需求，有什麼地方還能再多協助一點，畢竟她也是需要有個能傾吐心中垃圾的對象，身為協會志工自然義不容辭，多一點同理心，讓照顧者的心情可以轉換，情緒可以找到出口。

庭豪的媽媽有時會藉閱讀紓壓，但是她說現在讀的都是有關醫學、生死、心靈療癒等的書籍，書本帶給她希望與安慰，讓她得到啟發，更是陪伴良方。她說自己需要心理建設，自己以後也會垂垂老去，如果哪一天她比兒子先走了，最放心不下的還是小豪……

近年來因為酒駕肇事頻傳，上萬個家庭因而破碎，雖然政府已將酒駕肇事的刑責提高，但是要如何做好事前防範與徹底杜絕酒後不開車的惡習，才能真正達到抑制酒駕事故的發生。庭豪媽媽因為自己是被害者家屬，所以義無反顧加入了「臺灣酒駕防制社會關懷協會」，開始投入公益活動，有時會接受媒體採訪，現身說法宣導，並且協助拍攝不要酒駕的宣導影片。

「酒駕肇事，每一天每一分每一秒都在發生，被害者一天天增加，卻只能躲在角落中苦苦掙扎，因為政府的罰則太輕，讓悲劇不斷重複的發生，多少人的人生遭逢巨變，由彩色變成黑白……」庭豪媽媽希望酒駕肇事的人能領悟到被害者與他的家庭的那種「痛徹心扉」的感覺，她更期盼以過來人的身分來宣導，讓更多人站出來關心酒駕議題及參與酒駕防制，讓「零酒駕」成為人人遵守的習慣，因為這樣才能讓悲劇不再發生。另外，她認為除了嚴懲酒駕肇事者，也應該同時加強對被害者的協助。

無怨無悔的愛是一種大愛，庭豪媽媽為了兒子不放棄任何一絲一毫的希望，從抱著癱瘓的兒子徬徨無助、天天以淚洗臉，到現在能夠堅強獨立照料好兒子的一切，並且站出來為弱勢者發聲，她全心全意守護兒子，一路走來始終如一，生命裡的委屈她已嘗盡，人生道路的起伏顛簸，伴隨多少傷痛寂寞。「我為兒子所做的事其實並不算什麼，但是在內心深處不可抹滅的傷痛才最傷人。」庭豪媽媽所求無它，只期盼兒子有朝一日能夠開口叫她一聲「媽媽」，把消失的意識記憶都慢慢拼湊回來，也希望這世上不要再有酒駕悲劇發生。

這是一段讓人動容的故事，也讓人看到一位母親願意付出所有，在人生的漫漫長途中以愛守護兒子的那顆堅強無比的心。

19.
把思念化作雲彩

文燦出事的那個路口離家那麼近，
所以文安都會轉個方向或繞路而行，
他彷彿是怕文燦的身體再度受到傷害。
他的情緒很複雜，心情也格外沉重。
每次經過總是靜默不語，有時驀然抬頭，
哥哥在豔陽下滴著汗珠蹲在開心農場除草的樣子總會出現。

文安走到哥哥文燦的房間，看著空無一人的小房間和他在這世上留下少少的東西，他在房內來回地走動，心想著和哥哥生活的這些年，有苦有樂，有歡笑有悲傷，但如今什麼都沒有了，哥哥連走都不願意拖累家人，文安哽咽著，強忍吞下淚水，心中感到心痛無奈。就在哥哥文燦發生車禍的那個夜晚，文安揮不去哀慟複雜思緒，反覆深陷在自責的情緒裡。

「早知道當天帶著文燦去婚禮現場就好了，那就不可能發生這種事了，如果當天多交代一下友人在旁代為照料或許悲劇也不會發生了。」好多的早知道，但是不管怎麼後悔也已於事無補。最親的哥哥被召回天上去，不可能再出現眼前，即使文安殷切期待著能再看到他憨直的笑容，和哥哥每天胡亂的比手畫腳，看哥哥在烈日下揮灑著汗水跟他招手的模樣，哥哥雖然是殘障人士，或許世俗會投以異樣眼光，但卻活得坦蕩蕩，且勤奮。

哥哥文燦是瘖啞人士，對別人來說可能就是身為弟弟的文安願意照顧傷殘的哥哥，但是對文安而言卻有另一種意義，哥哥不但是他的家人，也是他門前那片開心農場最好的助手。跟哥哥在一起生活，即使有時溝通不便，有時難免也要抱怨幾句，大家覺得都是文安在照顧文燦，但其實他們是互相依靠，有文燦在就讓文安感到心安。

事發的那一天，文安應同學之邀去廟埕廣場的喜宴會場幫忙，出發前他還把晚餐準備好，叫文燦吃完晚飯後別亂跑等他回家。沒想到文燦晚飯過後，像平日一樣從家中步行前往鄰居家串門子，在返家途中又被喜宴喧嘩聲給吸引，覺得好奇想前去一探究竟。就在過馬路時，發生了車禍，文燦整個人倒臥在血泊中，不治身亡。

鄰居發現車禍事故，立即前往廟埕廣場的喜宴會場通知文安，文安說：「原先考慮到喜宴會場很忙碌，恐無法貼身照顧哥哥，所以才會獨留哥哥一人在家，那一天雖然忙碌，但我內心始終覺得不安。從沒想過的悲劇就這樣發生了。」一想起來就禁不住淚水直流。

廣場上喜宴會場的霓虹一閃一閃，但文安的心卻有一股傷痛在急速流動著，千頭萬緒，五味雜陳，為什麼被撞的會是文燦？開車的人為什麼這麼大意？為什麼會在別人辦喜事時發生這樣的悲劇。

出事地點是一段每天出門必經之路，一個打開家門就會看見的路口，而他深愛的哥哥魂魄就在那路口煙消雲滅，哀傷之氣在文安家這方圓數十公尺的範圍盤旋著，久久無法散去。

文安生在澎湖，家中有七個兄弟姐妹，文燦排行老二，自幼瘖啞，沒有接受過正規教育。文安的父親是製作墓碑的師傅，所以文燦年輕時跟隨父親打磨石頭。父親過世後，因為兄弟姐妹都前往臺灣本島謀生，所以哥哥文燦約於民國七十年左右入住仁愛之家，不過因為哥哥聽覺及語感天生有缺陷，所以自小到大常被欺負。

就在文安結婚生子之後，決定搬回澎湖，翻修老家古厝，也把哥哥文燦接回來同住。文燦是一個童心很重的人，喜歡熱鬧，愛串門子，和鄰里居民也相處得不錯。他平日就協助文安打理家門口的農場，其餘時間就做自己喜歡的事情。

文燦去世後，這個開心農場就不開心了。文安以前總會拉著哥哥走到家中的時鐘前面比手畫腳，告訴他幾點到了就要做些什麼事，幾點到了就要去田間除草，幾點到了就要去澆水、施肥等等，現場還要示範動作給哥哥看。哥哥雖然動作慢了一點，但都會照時間好好做完，那些哥哥在田裡的影像常常清晰地浮現在文安腦海中，這樣好像就能感受到哥哥的溫度。

文安口中描述的過往的開心農場像是一幅美麗的圖畫，與眼前空蕩零星的農田形成對比。

「以前哥哥對於我交代的事物常會丟三漏四的，讓我好氣又好笑，我總是作勢要出拳打哥哥，其實那是我們兄弟間一種親暱的動作。哥哥的陪伴與扶持，早就是一種再熟悉不過了的習慣。」文安說真的好捨不得他。

「少了文燦一起努力的日子，我對於開心農場漸漸疏於整理，現在比較像是傷心農場啦。我每天看到這片田就會想到哥哥，感覺哥哥以前在田裡很開心，悠遊自在的，我哥就是那種安分認命的個性。」文安帶著感傷卻還是笑笑著說。

雖然事情已經發生了三年，訴訟也告一段落，但是對於犯罪被害人保護協會的很多工作人員，文安還是要表達感謝之意，因為他們幫了許多的忙。首先，文安說車禍的訴訟真的會讓人焦躁不安、神經緊繃，甚至抓狂。總是在開車時手機鈴聲反覆的響著，文安不厭其煩的接起電話，都是太太傳來的無奈聲音：「唉，家裡又收到傳票了！怎麼辦？」

文安以前曾任職預拌混凝土及重機械工程車司機，「我每天要開著大車在公路上穿梭或在營建工地工作，每每接獲家人電話通知『又收到傳票了』的訊息，就會緊張兮兮。有時候車趟一多，真的就忙到忘記開庭的時間，或錯過了提起刑事附帶民事訴訟的時機。因為我們真的不懂那些法律，也不知道要注意哪些事情，好在有協會的人一直打電話提醒，要不然我什麼都會錯過。」文安嘆了好長一口氣，因為他心裡其實很擔心肇事者那個孩子。

「有段時間每個星期都去麻煩協會的人，連我自己都不好意思了！但他們每次都很熱情的接待、耐心的陪我去法院諮詢、遞狀……。我清楚只要收到傳票或訴訟文件，打通電話給他們，他們就會過來幫我。」文安面露靦腆的說著心中對協會的感謝。

對被害人家屬來說，犯罪被害人保護協會陪伴的角色，是一種看得見的力量，無論在案發初期提供家屬有關法律層面的權益告知及訴訟過程中的陪伴與協助，都是讓他們安定的重要環節。但是另一方面，善良的文安又掛心著那個肇事的孩子。肇事者才二十出頭，家庭單純，工作穩定，車子剛買還要付貸款！要工作養家、照顧父親及家中長輩，他還有一段漫長的人生要過，文安也不希望那孩子背負刑事責任。他說那孩子年紀輕輕遇到這種事，可能也不知道如何面對。訴訟過程文安總是先想到那孩子的未來，期望在調解過程可以達成共識，讓事情對那孩子的傷害降到最低。然而，調解的過程並不是太順利，刑事案件起訴後，那孩子被判了六個月的刑期，選擇繳納易科罰金之後，便未支付任何賠償金予被害人家屬。

文安的心軟讓太太好是生氣，在調解會上講了一段讓人聽了鼻酸的話，她認為被害人家屬的傷痛是要被看見與需要被理解的，太太的話帶著憤怒、憂傷、悲嘆、鏗鏘有力，對方的確是不該兩手一攤，當做沒事般敷衍，那樣的態度讓人生氣。聽完太太的那席話，只見那孩子頭壓得低低的、看不到臉上的表情，文安想著他應該心中也是很不好受吧。

幾經調解程序，雙方始終未能達成和解，對方強硬態度讓人難忍，彷彿失去生命這件事，沒什麼大不了的。文安替哥哥抱不平，總想為哥哥做點什麼，於是想了想提起民事求償，他說再艱難也要陪哥哥把路走完。

文燦出事的那個路口離家那麼近，但文安都會轉個方向或繞路而行，他彷彿是怕文燦的身體再度受到傷害一樣。他的情緒很複雜，心情也格外沉重，每次經過總是沉默不語。有時驀然抬頭，哥哥在豔陽下滴著汗珠蹲在開心農場除草的樣子總會出現腦海中。以前文安總是告訴哥哥：「這塊田地是我們的，要一起開墾，一起除草，然後一起好好照料它，不管晴天雨天心情好或心情不好都還是要愛護它呦，絕對不能偷懶。」文安記得哥哥當時充滿信心地拍手點頭。哥哥肯定的神情，事隔多年，文安再度想起來，那個熟悉的感覺依然還在，他的心飄得遠遠的，望向遠邊的雲彩，或許哥哥現在自由自在、無拘無束地在上面看著他。

20.

讓人嚮往的愛和盼望

「人若要快樂，就要學會放下；
人若要被愛，就要學會去愛；
人若想要被接納，就要學會付出。」
素貞重新找到生命的出口，讓痛苦過去，
美麗留下，讓人生有勇氣重新來過。

素貞自小在雲林長大，個性十分活潑開朗，樂觀進取，總是笑臉迎人，是那種可以讓人由衷感到溫暖的一個人。結婚之後，除相夫教子外，與先生相互幫襯，分享生活，一家平實簡樸，和樂融融。

沒想到，在民國九十八年十月間，素貞的先生在一場車禍意外中猝然離世。面對這個晴天霹靂的噩耗，素貞傷心難過，心境和生活的種種困境與挑戰接踵而至，痛失愛夫的椎心之痛，讓素貞陷入無盡的挫折與無助，剎那間一切淹沒在黑暗中。那一段日子苦不堪言，憂傷捆綁她的心靈，她把自己禁錮起來，很不快樂。

之後，素貞在犯罪被害人保護協會志工的轉介下，成為協會的案家，協會不僅對於在學的三名子女資助就學，發放獎學金，志工也經常探訪關懷，並鼓勵素貞參加心靈重建的心理輔導課程，而且還安排她學習由協會與救國團共同辦理以「群愛馨生、技藝新生」為題的烘焙、手工皂技藝等課程，讓素貞與其他馨生家庭聚在一起。因為這種種的協助，素貞逐漸走出陰霾，不僅習得一技之長，更重拾起失去已久的自信與笑容。

「馨生人聚在一起，感覺像在同溫層，大家原本素不相識，但卻因著彼此有著一樣的傷痛記憶，似乎更容易溝通，大家在一起加油打氣，互相傾吐愁苦，那種感動和溫暖，讓人安心。」素貞說大家能夠分享彼此走出傷痛的歷程，一起心靈療癒，人生再重新出發，協會就是一個轉折的起點。

素貞是協會課程的常客，她孜孜不倦學習任何新的事物，她也很珍惜馨生人互相砥礪的情誼。每一次協會所辦的活動都成為素貞期待的事，藉由參與協會的活動讓她與環境有所連結，讓她改變人生觀，變得更開朗。「很多人遇到創傷後活得很不開心，走不出傷痛，我也是這樣，所以我知道要找一些事讓自己轉移。」

民國一〇四年間，協會以「馨生共學」為理念，推展讀樂樂不如眾樂樂，成立了讀書會，藉此讓馨生人可以引書香入生活，一起翱翔在浩瀚書海中。當時素貞與同為馨生人的永宸不約而同的參加了讀書會的共學，故事便有了開端。

在讀書會共學的這段期間，他們發現每位馨生共學夥伴都是真誠相伴、溫暖人心的人，大家一起訴說生活的點點滴滴，分享彼此的喜怒哀樂，也有了訴苦與傾聽的對象，大家如同家人般親近。有時聽到別人更慘的際遇，也常眼角泛著淚光。在這邊，素貞感受到一份很嚮往的愛和盼望，那種感覺親切又美好。

而素貞與永宸也因同時經歷過至親往生的乖舛命運，彼此互相陪伴，經驗分享，而隨著兩人心靈慢慢敞開，經過時間相處後，發現彼此個性相近，背景環境也差不遠，有一種難以言語形容的默契存在，所以進一步成為相互扶持，相知相惜的伴侶。

時間分秒流逝，如今他們一起走過傷痛、陰霾，有共同歷經復元療癒的歷程，在其中也一起得到愛情的滋養，在彼此願意終生相依相偎之後，更決定用行動來表示，共組充滿愛與希望的家庭。

「一切或許是命中注定，當我開始能釋懷去面對一切，當我已經擦掉眼中的淚水，決定要好好為自己與孩子而活時，永宸就出現了。」素貞和永宸彼此鼓勵，一起分享面對壓力與走出傷痛的方法。

也許是心念的瞬間轉變，也許是對生命的一種感恩，素貞在協會的熱情邀約下加入協會志工的團隊，她願意以其境遇的感同身受，來傾聽、相伴和她有過同樣遭遇的馨生人。因為她也是來到協會後，才發現自己不是孤單被遺留在角落。當遇到生命的困境時，她也曾不知所措，但是生命終究還是美好的，不應該因為身心曾經有過悲慘的境遇，就覺得人生毫無希望，要去學會如何重新擁抱生命，相信「愛」的「勇氣」可以改變一切，那是一種將心比心的包容與理解的體驗，一種歸屬感的來源。

「我因為自己走過，所以知道有多痛，透過陪伴關懷，我想協助被害人重新去認識接納自我，開拓不一樣的視野，不要把自己關起來，不要被命運捆綁住，最好能表達出自己的傷痛或困難，有任何覺得傷心委屈的事就要找人傾吐，這樣別人才能幫助你，你才可能獲得重生。」幫助更多人成為素貞的一個心願。

素貞把心中的愛與關懷持續散發出去，她說，是犯罪被害人保護協會融化了她被冰凍的心，在一次又一次「愛」與「被愛」的引領下，重新感受並找回自己，讓她感受到愛的溫度，然後轉化成一種不同的能量。「人若要快樂，就要學會放下；人若要被愛，就要學會去愛；人若想要被接納，就要學會付出。」

素貞重新找到生命的出口，讓痛苦過去，美麗留下，讓人生有勇氣重新來過。她說當自己對世界傷心失望時，有人願意為她散播愛與溫暖，現在的她也樂意多講幾句能「溫暖人心的話」去鼓勵別人，讓自己也感受到「奉獻的喜悅」。而藉著言語與行動，去傳達彼此的關心與心意，這些都是她從馨生人身上學會的事。

「即使身處困難也不要被挫折打敗，記得無論你在哪裡都要勇敢，不要害怕。」素貞想告訴大家的是，人生沒有什麼過不去的點，心境意念的改變，可以擁有很大的力量，只要我們相信，付諸行動，便可以擁有正向的能量，進而改變自己。

「如果說我有機會去感動人，真正的原因不是我做了多少，而是我在大家身上同樣的被感動了多少。」素貞滿載著正面能量，她也想陪著其他馨生人走過痛苦。

同樣是站在人生遇到轉折這一邊，在療癒旅程中的偶然與機緣，讓素貞與永宸一起重新建立家園，開啟另一頁美麗人生。他們一起找到人生的意義，相扶相持，繼續尋找對自己最好的生活方式，一起克服困境。

協會就像是他們的「老朋友」一樣，對素貞與永宸的意義非凡，它陪伴著他們重新開始，見證了他們心境的轉變歷程，素貞希望馨生人可以跟他們一樣擦掉眼淚。

附錄

犯罪被害人保護法

長期以來犯罪被害人的心聲與困境，在傳統法律制度下，因缺乏系統化、制度化的設計，保護措施不足，得不到應有的尊重與周全的照顧，致衍生社會問題層出不窮。我國政府為重視犯罪被害人保護工作，因而於八十七年五月二十七日制定公布「犯罪被害人保護法」，並於八十七年十月一日施行，以保障人民權益，促進社會安全。

財團法人犯罪被害人保協會則係法務部依據「犯罪被害人保護法」第二十九條第一項規定會同內政部（業務目前移撥衛生福利部）於八十八年一月二十九日成立，以服務犯罪被害人本人及其遺（家）屬。

附錄

犯罪被害人保護法

第一條：「為保護因犯罪行為被害而死亡者之遺屬、受重傷者及性侵害犯罪行為被害人，以保障人民權益，促進社會安全，特制定本法。」

第二十九條第一項：「為協助重建被害人或其遺屬生活，法務部應會同內政部成立犯罪被害人保護機構。」

第三十條第一項：「犯罪被害人保護機構應辦理下列業務：一、緊急之生理、心理醫療及安置之協助。二、偵查、審判中及審判後之協助。三、申請補償、社會救助及民事求償等之協助。四、調查犯罪行為人或依法應負賠償責任人財產之協助。五、安全保護之協助。六、生理、心理治療、生活重建及職業訓練之協助。七、被害人保護之宣導。八、其他之協助。」

附錄

一路相伴——法律協助計畫

鑒於法律扶助向來偏重被告的扶助而疏於援助犯罪被害人，尤以犯罪被害事件發生後，犯罪被害人或其遺屬缺乏法律知識及訴訟程序之認知，往往錯失權利之主張而喪失權益，故法務部於九十六年九月二十六日函示本會應辦理法律扶助專案，爰於九十六年十一月二日制訂「犯罪被害人法律扶助計畫」，九十八年六月二十五日計畫更名為「一路相伴——法律協助計畫」，以提供犯罪被害人本人及其遺（家）屬法律協助。

「一路相伴——法律協助計畫」由各地分會結合律師免費提供犯罪被害人保護法所訂服務對象法律諮詢、代繕法律書狀、律師訴訟代理及訴訟費用補助等服務。

溫馨（心）專案

為協助因犯罪事件造成認知、情感或行為等功能受創，影響身心功能發揮之犯罪被害人得以適應社會生活，或可能產生之心理問題提供預防性的教育，並就現況提供引導，法務部於八十九年八月十一日函示應辦理心理治療及心理輔導活動，直至九十三年七月二十日由法務部頒布「溫馨（心）專案」後於焉成型，本會爰於一〇三年十月三日核定「溫馨專案實施計畫」，提供犯罪被害人更具專業性之心理輔導服務。

「溫馨專案」由各地分會結合諮商心理師及臨床心理師免費提供犯罪被害人保護法所訂服務對象心理輔導、心理諮商治療等服務，並辦理團體關懷活動，協助犯罪被害人走出陰霾、迎向陽光。

附錄

安薪專案

犯罪被害人往往在家庭遭逢變故後，頓失經濟來源，須承擔家務重任，生活困頓、子女教育經費無著落等窘境伴隨而至，為避免產生後續相關社會問題（如失業、子女輟學等），本會協助犯罪被害人就業或增加工作收入，以解決其生活困境。

故於九十六年三月二十九日，函示各分會規畫並緊密結合各公私部門相關資源推動辦理，至九十六年七月二十五日，本會頒布「安薪專案—受保護人技職訓練試辦計畫（方案）」，並於九十七年十月一日與行政院勞工委員會合作辦理「喜鵲幸福互助試辦計畫」，至此安薪專案於焉成型。

「安薪專案」由各地分會結合當地就業服務中心提供犯罪被害人媒合就業服務，或結合技藝訓練老師或機構開辦技藝訓練班隊，例如有手工皮件班、手工香皂班、蝶谷巴特、烹飪烘焙班等，為犯罪被害人開啟生活的另一片天。

附錄

修復式司法

修復式司法（Restorative Justice）是對因犯罪行為受到最直接影響的人們，即加害人、被害人、他們的家屬、甚至社區的成員或代表，提供各式各樣對話與解決問題之機會，讓加害人認知其犯行的影響，而對自身行為直接負責，並修復被害人之情感創傷及填補實質損害。

法務部為逐步推動修復式司法、建立以人為本的柔性司法體系，於九十八年七月核定「法務部推動修復式正義——建構對話機制、修復犯罪傷害計畫」，在暫不修法之前提下，初期擇定板橋（新北）、士林、宜蘭、苗栗、臺中、臺南、高雄及澎湖等地方法院檢察署自九十九年九月一日起辦理試行方案。經過試辦地檢署的追蹤調查發現，被害人多數「感覺正義得到實現」，多數加害人同意「會全力避免此類案件再次發生」，顯見修復之功能。爰於一〇一年九月一日起擴大於全國各地方法院檢察署辦理，建立修復平臺，實施成果並將作為日後建構本土化修復式司法執行模式之參據。

生活叢書264

漫夜馨光——愛與勇氣的旅程

作者　財團法人犯罪被害人保護協會
採訪撰文　高安妮
編審　財團法人犯罪被害人保護協會
編輯顧問　王添盛・陳傳宗・曾俊哲
張文政・王俊力・龔甫青・柯男烈
編輯委員　陳娟娟・尤仁傑
吳佳穎・邱京晶・曾信宏・陳稜韻・葉貞吟・陳怡君
責任編輯　曾敏英
發行人　蔡澤蘋
出版　健行文化出版事業有限公司
台北市105八德路3段12巷57弄40號
電話／02-25776564　傳真／02-25789205
郵政劃撥　0112263-4
九歌文學網　www.chiuko.com.tw
排版　綠貝殼資訊有限公司
印刷　前進彩藝有限公司
法律顧問　龍躍天律師・蕭雄淋律師・董安丹律師
發行　九歌出版社有限公司
台北市105八德路3段12巷57弄40號
電話／02-25776564　傳真／02-25789205
初版　2018年3月
定價　300元

書號　0203264
ISBN　978-986-95415-8-9
（缺頁、破損或裝訂錯誤，請寄回本公司更換）

國家圖書館出版品預行編目資料

漫夜馨光：愛與勇氣的旅程／財團法人犯罪被害人保護協會著. -- 初版. -- 臺北市：健行文化出版：九歌發行，2018.03

232面；14.8×21公分. --（生活叢書；264）

ISBN 978-986-95415-8-9（平裝）

855　　107000137